浅岸久
illust. 旭炬
離縁予定の
捨てられ令嬢ですが、
なぜか次期公爵様の
溺愛が始まりました

セドリック
ウォルフォード公爵家の長男で、王太子の側近を務める。誰に対しても冷酷で、今までの見合い相手は容赦なく追い出してきたが…。
フィオナ
レリング伯爵家前当主のひとり娘。意地悪な従妹に押し付けられ、セドリックに嫁ぐことになる。

オズワルド
リンディスタ王国の王太子。セドリックの事情をよく知る人物で、アランと一緒にカタブツな彼をいじって楽しんでいる。
エミリー
レリング伯爵家・現伯爵の長女。フィオナの従妹で、伯爵家でフィオナを虐げ利用し続けていた。
アラン
魔法省に所属する優れた魔法使いだが、かなりの自由人。セドリックの事情に協力しているひとりでもある。
Characters

「綺麗だ――フィオナ」
初めてのダンスは
とびっきり甘くて、
あまりに切なかった。

離縁予定の捨てられ令嬢ですが、なぜか次期公爵様の溺愛が始まりました

浅岸久

illust.
旭炬

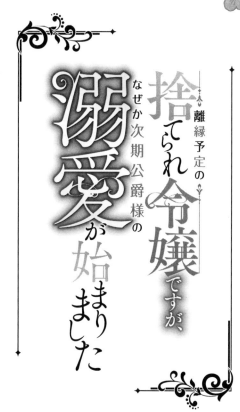

目次

プロローグ

カツン、と。一歩前に踏み出した足音が妙に大きく聞こえた。

この真っ白な教会にはどんな音もよく響く。だからフィオナは、絹の擦れる音すら立てないようにゆっくりと顔を上げる。

ベール越しに目の前の男性と目が合った。その菫《すみれ》色の瞳。なにもかも見透かすかのごとく冷然とした瞳に見つめられると、緊張で背筋が伸びる心地だ。

夜空の色を溶かしたような黒い髪は艶やかで、すっと通った鼻梁《びりょう》や薄い唇、整いすぎた顔立ちは、まるで人間のものではないようにすら思える。

光沢のある白いタキシードを身に纏《まと》った彼は、静かにその場に立ち尽くしている。晴れやかな言祝《ことほ》ぎの場であるはずなのに、目の前の男性の表情は妙に冷たく感じた。

もちろん、彼の笑顔などただの一度も見たことはなかった。それでも自分の結婚式ですら、にこりともしないものなのかとフィオナは思う。

分厚い硝子《ガラス》でできた大きな窓からは燦々《さんさん》と光が降り注いでいる。

その光に照らされ、フィオナの身につけている純白のドレスが淡くきらめいた。荘厳な雰囲気に包まれ、フィオナは緊張でごくりと唾を飲み込む。

プロローグ

太陽神を抱く月の女神の像が、眩《まばゆ》いほどの光を背にフィオナたちを見下ろしている。この誓いの場を見守るのは、そんな物言わぬ像と少数の聖職者のみだ。

厳かと言えばそれまでなのだが。

（なんだか、ちょっと寂しい）

誰ひとりとして参列者のいない結婚式。フィオナはともかく、次期公爵と目される彼——セドリック・ウォルフォードの結婚式とは思えないほどの寂しさである。

でも、それも仕方がないことなのだろう。

所詮は仮初めの婚姻。これはあくまで便宜上の結婚式でしかないのだから。

むしろ、形だけでもこうして式を執り行えること自体が奇跡なのかもしれない。フィオナにとっては、ただ虚《むな》しく感じられるものでしかないけれども。

「では、指輪の交換を——」

神父の言葉に、若い聖職者が指輪の置かれた台座を運んでくる。

台座に置かれたたったひとつの白金の指輪には、菫色の小さな石がはめ込んである。その指輪を見てため息をつきそうになるのを、フィオナはぐっとこらえた。

（これって交換にはならないよね）

同じように感じたのはフィオナだけではないらしい。視界の端で、神父がセドリックに向けて物言いたげな視線を送っている。

セドリックはそれに気付いていながらも黙殺しているだけだ。

だってセドリックには新しい結婚指輪など不要だから。セドリックの左手の薬指には、すでに古びた指輪がはめられている。その指輪を外す気なんて毛頭ないのだろう。

(大切な方がいらっしゃると、噂《うわさ》もあるけれど)

彼とは結婚できない身分の誰か。セドリックにはそのような、表には出られない相手がいるのだと世間では噂されている。それでも、彼の妻になるのはフィオナなのだ。

(そうよ。これは仮初めの婚姻だもの)

よく似せて作ってあるけれども別物だ。

でも、指輪が揃《そろ》いでないことすら、今の自分たちには似つかわしい気がした。

彼には彼なりの、指輪を外さない理由がある。だから彼がフィオナに期待していないように、フィオナだって彼に期待などしない。これは恋愛感情を伴わない、いわば期間限定の契約婚だ。揃いでない指輪ならばいつ外したって後悔などない。

フィオナはそっとグローブを外した。

あかぎれだらけでボロボロの手。いまだに令嬢らしからぬこの手を人に見せるのには抵抗がある。けれども、フィオナは覚悟を決めて前に差し出した。

セドリックは恭《うやうや》しくその手を取りながら、フィオナに言い聞かせる。

「君を愛するつもりはない。だが、これも互いの益のためだ」

プロローグ

まさか神の前で堂々と愛を否定する男がいるだなんて。
乾いた笑いがこぼれそうになるのをこらえて、そっと息を吐く。
やがて、菫色の石がついた白金の指輪がフィオナの薬指にはめられたのだった。

第一章　仮初めの妻になりました

「――お姉さま、わかっているのかしら？　これはひどい裏切りではなくて？」

悪魔の微笑《ほほえ》みだと思った。

アンティークの家具が並ぶ室内で、若い女がこちらを見下ろしている。肩を震わせて嘆きながらも、その瞳の奥底には楽しくて仕方がないという嘲笑の色が浮かんでいた。

フィオナは冷たい床に這《は》いつくばりながら、その女を睨《にら》みつける。相手は自分と年が近い、一応家族とも言える立場の女なのに、どうしてこうも違ってしまったのだろう。

ぐいと床に押しつけられた頬が痛い。男の使用人が数人がかりでフィオナの体を押さえつけているからだ。彼らは一切の躊躇《ちゅうちょ》なく、フィオナの細い手足を強く掴《つか》む。痛みに喘《あえ》ぎながら、フィオナは自分を見下ろす人々に目を向けた。

フィオナ。本名はフィオナ・レリングという。

十九歳という年頃の娘で、一応、目の前の女と同じく貴族の令嬢である。けれども、今のフィオナを見て貴族だと思う人間はいないだろう。

まともな食事すら与えられず、その体は痩せこけているし、地味な茶色い髪は使用人たちに掴まれ、ぐしゃぐしゃに乱れている。寒い冬のさなか、毎日のように冷たい水仕事をしている手は手袋で隠しているものの、実際はあかぎれだらけだ。

少しでも暖を取るために、厚みだけを重視したワンピースはごわごわで着心地が悪く、ストールも使い古されてほつれている。繕い続けてだましだまし着ているそれらの服は、召使いでも身につけないような襤褸《ぼろ》だ。

ただ、意思の強い若草色の瞳は、目の前の者たちをしっかりと睨みつけていた。

フィオナはリンディスタ王国レリング領を治めるレリング伯爵家の、前当主のひとり娘であった。レリング領は王都に隣接しており、王都と東部を繋《つな》ぐ交通の要所だ。領土こそ広くないものの、それなりに栄えている。大きな特徴はないが、穏やかな気候に恵まれた土地である。

そんなレリング伯爵家前当主の娘フィオナが、このような襤褸を纏い、ひもじい生活をしているのには理由があった。

このレリング伯爵家の主が、今は代わってしまったから。目の前の女の隣に並ぶ男――現レリング伯爵ナサニエル・レリング。つまりフィオナの叔父によって。

「ええい、なんという反抗的な目をしているのだ！」

ナサニエルはクリーム色の髪を後ろに撫《な》でつけた赤目の男だった。

亡き父によく似た顔立ちだが、おっとりとした雰囲気の父とは異なり、フィオナに対してはいつも厳しい。今も怒りを隠そうともせず、フィオナを怒鳴りつけるだけだ。

「このようなものを隠れて売っておったとはな！　馬鹿なことをしてっ！」

「返してくださいっ」

フィオナは叫んだ。今、ナサニエルが手にしている刺繍《ししゅう》の入った布の束。それらはフィオナがこつこつと縫ってきたものばかりだったから。

――すべてはこの家を出るために。

八年前、両親が馬車の事故で亡くなり、父方の叔父ナサニエルがフィオナの後見となった。ナサニエルはフィオナの保護者兼レリング伯爵家当主代理という形で、フィオナが成人するまでの間、レリング伯爵家を支えてくれるはずだった。

しかし、その関係がうまくいっていたのは半年足らず。

ナサニエルはフィオナにいい顔をしながら、周囲の環境を整えた。そして無知だったフィオナをだまし、この家を乗っ取ったのだ。

気が付いた頃にはフィオナはすべてを失っていた。

財産も、両親の形見も、屋敷も、領地も。

フィオナは自分の部屋すら奪われ、離れの物置に押し込められた。

ただ、フィオナの身分だけは残しておいた方が利用価値があると判断されたのだろう。だから貴族の娘であるという身分だけが、なんとか手元に残っている。

いずれはどこかの家の後妻に入れられるか、売り飛ばされるか。どのみち、いいように利用されて終わりだと思っていたけれど――。

（待っているだけのつもりなんてない。わたしは、この家を出たいの！）

ずっと召使いのようにこき使われてきたけれど、フィオナはへこたれなかった。

両親は心根が優しく、領民にも慕われていた。だから領民は、フィオナのことも大層心配してくれた。そこから縁ができ、刺繍を売ることに繋がった。

フィオナは刺繍がいっとう得意だ。ゆえに、懇意の商人がフィオナの作品をこっそり買い取ってくれるようになった。もちろん、ナサニエルたちには見つからないように。

お金を貯《た》めていつかこの家を出ていく。それがフィオナの夢であり、目標だった。

貴族などという余計な身分を捨てて、庶民の針子として生きる。だから遠い街まで移動する旅費としばらくの生活費、それを手に入れたかっただけなのだ。

「お姉さまったら、なんて卑しいのかしら。わたくし、もう恥ずかしくって」

目の前の女が大袈裟《おおげさ》に嘆いた。彼女の名前はエミリー・レリング。フィオナを虐げるナサニエルの娘――つまり、フィオナの従妹《いとこ》である。

蜂蜜を溶かしたような華やかな金髪はふわふわと柔らかく、小動物を思わせる華奢《きゃしゃ》な体には、淡い色のドレスがよく似合う。ふたつ年下である彼女は、フィオナをお姉さまと呼びながらも、甘ったるいピンクの瞳を意地悪に歪《ゆが》ませた。

「お姉さまが、まさかご自分の刺繍を平民に売っていただなんて！」

ナサニエルが手にしている布の束。それはどれもこれも、懇意の商人に卸したばかりの刺繍入りの小物だった。

「わたくし、お姉さまのこと大好きなのにひどいわ。どうしてこんな仕打ちをなさったの？」

悲しみにくれる彼女を支えるように、ナサニエルが肩を抱く。ナサニエルは不機嫌さを隠そうともせず、フィオナをきつく睨みつけた。

「このレリング伯爵家の恥晒《さら》しめ　お前のせいで、エミリーに妙な噂が流れることとなったのだぞ！　わかっているのか⁉」

どんっ！とナサニエルがテーブルに手を打ちつけ、叱責する。その声にびくりと体が震えるも、フィオナは目を逸《そ》らさなかった。

（恥じることなんて、なにもしていない）

自分のためのお金を、自分で稼いだだけだ。

（むしろ、噂の元凶はあなたたちにあるのに）

幼い頃から腕を磨き続けたフィオナの刺繍は、誰が見ても見事なものだった。ナサニエル一家も目をつけるほどに。

彼らはフィオナの刺したものを取り上げ、エミリーの作品と偽って社交界に持ち出したのだ。エミリーも、それがさも自分の手柄であるように嘘《うそ》をつき、刺繍上手の令嬢として称賛を浴びていた。

今では、エミリーの刺繍は彼女の優しい心が滲《にじ》んだ癒やしを与えるアイテムとして評判だ。

社交界では、彼女の作品を手に入れることが一種のステータスになっているのだとか。

ゆえに、彼らはフィオナに強引に刺繍をさせて、次々と取り上げていた。

だからフィオナは、日中はエミリーたちのために手を動かしつつ、皆が寝静まってから自分のために商品を製作するという二重の生活を送るしかなかった。

けれどもその生活ももう終わり。それもこれも、フィオナの製作する美しい意匠が、人々の印象に強く残ってしまったせいだ。

商人の手により都で売りに出されていた商品と、エミリーが貴族社会で利用していたもの。ふたつの刺繍が、同一の人物によって施されたものだと噂が立つほどに。

「エミリーが平民に刺繍を売りさばいている」やら「優秀な針子の作品を自分のものだと偽っているのでは？」という様々な憶測が貴族の間で飛び交っているらしい。

（でも、実際にその通りじゃない）

噂の一部は真実だ。

自業自得もいいところなのに、エミリーたちの怒りはなぜかフィオナに向けられた。

「レリング伯爵家の名を傷つけるなど、なんという娘だ！　亡き兄上も天国で嘆いているはずだ！」

大切な父を引き合いに出されて、フィオナの心臓が軋《きし》んだ。

「まったく。欲に目が眩《くら》んだ卑しい娘め！　お前の刺繍だけは価値を認めてやっていたのに、自らそれを貶《おとし》めるような真似《まね》をしおって」

吐き捨てるように言いながら、ナサニエルは後ろに控えていた使用人を呼びつける。その使用人が持つ木箱を見た時、フィオナの頭に嫌な考えがよぎった。

そして、その予想は正しかったとすぐに思い知らされる。

「それはだめ！」

気が付けばフィオナは叫んでいた。木箱の中に入っていた見覚えのある布袋。離れの部屋の奥に隠していたはずのそれは、どう見てもフィオナのものだったからだ。

「やめて！」

そこには、両親を失った後、こつこつと貯めてきたお金が入っているのだ。

「どうして！」

フィオナの悲痛な叫びが部屋に響きわたるも、ナサニエルは表情を歪めるだけ。にたにたと笑いながら、布袋の紐《ひも》を楽しそうに解いていく。

「私はお前の保護者だからな。お前が不当に集めていたものを確かめる義務がある。そうだろう？」

「不当などではありません！　返して!!」

そう手を伸ばすが、大勢の使用人たちに取り押さえられる。

ギリギリと力を込められ、その痛さに喘ぎながらも、フィオナは必死で主張した。

「だめです！　それは！　わたしの‼」

　フィオナの叫びは届かない。

「ああ――なんだ、こんなものか」

　袋の中身を確かめたナサニエルは、わざとらしく息をついた。

「――心底がっかりしたよ、フィオナ」

　その、暗くて恐ろしい声。ジャラジャラジャラ！と大きな音が部屋中に響きわたった。袋の中身が近くのテーブルの上にぶちまけられたのだ。

　大きな音を立てながら、何枚もの銀貨と銅貨がテーブルの上に散らばっていく。

　それらはテーブルから落下し、這いつくばるフィオナの近くに転がってきた。そして、フィオナの目の前に、一枚の硬貨が力なく倒れる。

　フィオナの表情が絶望の色に染まっていく。信じられないとわなわな震えたまま、その硬貨を凝視し続けることしかできなかった。

「それなりに収益を上げていたのなら認めざるを得なかったが、これっぽっちとはな」

（これっぽっち……）

　心が、まるで硝子のようにバキバキと音を立てて割れていく。

　ナサニエルにとっては、たいしたことない金額なのかもしれない。でも、彼がぶちまけたお金は、フィオナがいつかこの家を抜け出し、ひとりで生きていくために必要なものだ。

言わばそれは、フィオナにとって明るい未来の象徴であり、希望だった。

裕福な暮らしなんてするつもりはない。慎ましい生活でもいい。平民にまぎれて心穏やかに過ごすために用意してきたもの。

その希望が少しずつ膨らんでいくことを励みに生きてきた。どれだけ虐げられようと折れずにやってこられたのは、生きる目標があったからだ。

でも、そんなフィオナの努力をあざ笑うがごとく、全てを奪われる。

「まあいい。この金は有効活用してやる。お前がエミリーにかけた迷惑料にすらならんがな！」

「嫌だ。やめて……お願い。お願いします、返して！」

悲痛な声はむなしく響くだけだった。床に押さえつけられているせいで、手が伸ばせない。

目の前に転がっているたった一枚の硬貨すら、フィオナは取り返せなかった。

「ふん！」

ナサニエルがこちらに近付いてきたかと思うと、その一枚の硬貨を踏みつける。近くにいた使用人に声をかけて、手に持っていた布の束を押しつけた。

「一度売られたこれらは無価値だ。焼き払ってこい」

「叔父さま！　やめてっ！」

「生意気な娘め！　言っておくが、お前が懇意にしていた商人には、二度とお前のものは買い取らぬように言いつけたからな。言いつけを破ったら、あの商会がどうなるかわかるな？」

「……っ」

最後の希望まで奪われた。

全部、フィオナの手からこぼれ落ちていく。

（大事な刺繍は焼き払われ、大切な縁すら断ち切られるなんて）

目の前が真っ暗になったような気がした。言い返す気力すら失い、力なく項垂《うなだ》れる。

「お姉さまったらかわいそう！　でも仕方がないわね。貴族に相応《ふさわ》しくない振る舞いばかりなさるのだもの。親がいないって、本当にかわいそう」

クスクスと嘲笑するようなエミリーの声が、いつまでも耳の奥に響いているように感じた。


その後、躾《しつ》け直すという名目でフィオナは離れの物置に閉じ込められた。

外から鍵をかけられ、以前のようなある程度の自由さえもない。

噂が消えるまでは利用できない。けれどいつか役に立つ日もあるだろうと、数多くの布と糸を押しつけられた。そしてまともに休むことすら許されず、ひたすら縫い物をし続けた。

大好きで仕方がなかった刺繍すら、今はちっとも楽しくなかった。刺繍ができればその用途には目をつぶってきたフィオナだが、もう、そんなことはできない。

気持ちは深く沈んだまま、フィオナはただ手だけを動かした。

そんなある日のことだった。

フィオナがいる離れの部屋にまで、屋敷全体がざわざわしているのが伝わってくる。いったいなにが起こっているのか——でも、わざわざ考える必要などないかと、諦めに近い気持ちを抱いて手元の作業に没頭する。

そうして騒ぎが落ち着いた夕方頃、フィオナは久方ぶりに本館に呼び出された。

心と表情を凍らせたまま、フィオナは叔父一家の集う部屋にたどり着き、絶句する。

しくしくしく、と肩を震わせて涙を流す従妹の姿がそこにあった。

「お父さま、わたくし嫌です！　いくら相手が次期公爵でいらっしゃるとしても、あの方だけは嫌！」

ナサニエルに向かって必死に訴えるエミリーの様子に、なにがあったのかと目を見張る。けれどすぐに気持ちは沈んでいった。

こうしてエミリーがわがままを言う時は、大抵ろくなことにならない。今までも八つ当たりされるか面倒事を肩代わりするかのどちらかだったから。

次期公爵という言葉が出てきたけれど、エミリーはいったいなにをやらかしたのだろうか。面倒事でも引き起こされたらたまらない。相手の身分が高ければ高いほど、失態を犯した時の反動は大きいのだ。

「エミリーや。お前の気持ちはわかっているよ。私だって、大切なお前をあんな男のもとへ嫁がせるのは心苦しい」

「だったら！　お父さま！」

「しかし、これは王妃陛下からの打診でもあってね。――ううむ、悩ましい」

目の前で繰り広げられる会話に、フィオナの頭は真っ白になった。

だって、話を繋ぎ合わせるとこうだ。王妃陛下の口添えで我が家に婚約の打診があった。そしてそのお相手は、次期公爵という身分の殿方であると。

フィオナはごくりと息を呑《の》む。そこでようやく、エミリーたちはフィオナに意識を向けた。

ナサニエルは不機嫌そうに顔をしかめている。一方のエミリーは泣き腫らしていたはずの目をこちらに向け、実に楽しそうに笑みを浮かべた。

「ねえ、お父さま？　王妃陛下はレリング伯爵家の娘をと仰《おっしゃ》ったのでしょう？　でしたら、わたくし以外にもうひとりいるではありませんの？」

フィオナは表情を強ばらせた。

やっぱりエミリーは、自分が望まぬことをフィオナに押しつけるつもりらしい。

「しかしだなあ。お前と比べると、アレは見目もよくないし、貴族としてまともな振る舞いもできない愚図だ。先方になんと言われるか……」

「でもあの方は、これまで何人もの婚約者を追い返してきたのでしょう？　初日ですぐに追い出されて当たり前ですもの！　今さらお姉さまが追い出されたって、我が家の評判に傷はつきませんわ」

「そうだがなあ」

大袈裟に渋ってみせるナサニエルに向かって、エミリーはうるうると上目遣いで訴えかける。

「王妃陛下の顔を立てて、我が家にも傷はつかない。それでよろしいではありませんか。だからお父さま、お願い！　わたくし、恋人の存在を隠そうともしない、あのような冷酷なお方の婚約者になんてなりたくないの！」

そこまで聞いて、もしかしてという思いが駆け廻《めぐ》った。エミリーの相手とやらが、世間の情報に疎いフィオナですら知っている殿方であると気付いたからだ。

「ウォルフォードさまは、大変身分も高くて優秀な方でいらっしゃるがなあ。――娘の幸せのためにはいたし方ないか」

ウォルフォード。

もしかしなくても、相手はセドリック・ウォルフォード次期公爵ではないだろうか。

現王妃の生家でもあるウォルフォード公爵家の跡取りにして、王太子の従弟《いとこ》であり、側近。二十四歳と若くしてすでに将来の宰相候補と目されている、智謀に優れた人物らしい。

美貌の殿方だと評判ではあるが、それ以上に冷酷だという噂が絶えない。

誰に対しても冷たく、使えない者は容赦なく切り捨てる。それは部下だけではなく、家族にも及ぶらしい。父親であるウォルフォード現公爵を言いくるめて領地に縛りつけ、母親や弟の自由まで奪っているそうだ。

ウォルフォード公爵家の実権はもはやセドリックのもので、それを邪魔する者は血の繋がった家族とて閉じ込める——ということなのだろう。

さらに彼には、結婚を許されないような低い身分の恋人がいるのだとか。実際、彼の左手の薬指に、その誰かとの愛を誓った指輪がはめられていることは有名だ。

見合い相手を容赦なく追い出すとか、ひどい暴力を振るうという噂まである。

いくら将来有望な美男でも、悪い噂が多すぎていまだにお相手が見つかっていないらしい。

廻り廻って、とうとうこのレリング伯爵家に声がかかったということだった。

そんな事情のある相手だ。エミリーが見合いをしたとしても成立するとは思えない。もちろん、フィオナとて同じだろうが。これはあくまで、王妃陛下からの打診を断らないようにするための、形だけの見合いというわけだ。

「まあ、フィオナでは早々に追い出されるか」

ナサニエルが冷たく言い放つ。ふんと鼻を鳴らし、ギロリと睨みつけた。

「——フィオナ。光栄に思え。お前をレリング伯爵家の娘としてウォルフォード公爵家に向かわせる。どれだけ罵声を浴びさせられようと、暴力を振るわれようと、けっして逆らってはいけない。わかったか？」

フィオナは首を縦に振ることも、横に振ることもできなかった。

心が乾いて、もう痛みすら感じない。

「一瞬でも、あのウォルフォード次期公爵さまとの縁がいただけるのだ。お前にはもったいない話だろう？　いいか？　けっして粗相をしてはならぬぞ」

大人しくウォルフォード公爵家に向かい、エミリーの代わりに切り捨てられてこいというこ
となのだろう。そうなったらなったで、この家に出戻っても叱責されるか、馬鹿にされるか。もしかしたら、もうこの家に戻ることすら許されないかもしれない。

つまり、フィオナだったらどうなっても構わないと言っているのだ。

（そっか）

それだったら、フィオナだって構わない。

（だったら、もういいや）

路頭に迷うことになってもいい。

（出ていこう）

――この家を。

頑張って貯めたお金は全部取り上げられた。フィオナはもう、なにも持っていない。

正直、不安しかない。でも、もう二度とこの家には戻らない。そう決めた。

次期公爵とやらに捨てられたら、そのままどこかへ行こう。放り出されてしまえば、きっとまともに生きられるはずがない。それでも、この家に戻るよりはずっといい気がしてきた。

（針子として住み込みで雇ってくれるところを探して……）

フィオナは一度、すべてを諦めた。今だって諦めている。

最後はどうしようもなくて、身売りでもなんでもしないといけないかもしれない。

でも、諦めているからこそ、フィオナはその身ひとつで家を出る決心がついたのだった。


——しかし。

あれよあれよという間に見合いの日。フィオナは見たこともない立派な建物を前にして、完全に固まってしまった。

(なんだか……すごいところに来てしまったのかもしれない)

レリング伯爵家の馬車に揺られて王都まで。フィオナはひとりウォルフォード公爵家のタウンハウスにやってきた。

王都の外に領地を持つ地方貴族のタウンハウスと言えば、社交シーズンだけ利用する庭のないシンプルな屋敷であることも多い。

けれど、さすがウォルフォード公爵家だ。レリング伯爵家の屋敷がすっぽりと入ってしまいそうなほど広く、手入れの行き届いた美しい庭に、歴史を感じる重厚な邸宅。圧巻と言ってもいいその存在感に、フィオナはごくりと息を呑んだ。

フィオナが来ることは事前に連絡してあったため、玄関前には使用人がずらりと並んでいる。

馬車の扉が開いた瞬間、その人数や彼らの洗練された所作に圧倒されつつも、フィオナは導かれるままに馬車を降りた。

フィオナは俯《うつむ》いて逃げ出したくなるのをぐっとこらえた。場違いもいいところだ。さすがに普段のぼろぼろの服で向かわせるわけにはいかないから、エミリーのお下がりを着せられている。けれど、彼女とフィオナではなにもかもが違いすぎた。

エミリーと比べて背が高いフィオナでは袖が足りないし、そもそも丈が合っていない。そのくせ痩せぎすなものだから、どうあっても似合わない。

さすがにあかぎれだらけの手は手袋で隠しているけれど、肌にも髪にも艶はないし、かわいらしい雰囲気のドレスだけが浮いていた。

まるで平民を代理に立てたかと疑われそうなほど、貴族のご令嬢らしさの足りない娘がやってきて、使用人たちも困惑しているに違いない。

けれど、さすがはウォルフォード公爵家の使用人といったところだろう。彼らは笑みを湛《たた》えたまま、フィオナを出迎えてくれた。

「ようこそいらっしゃいました、フィオナ・レリングさま」

まずは一番手前に立っている、白髪交じりの細身の男性に話しかけられた。

「私はこの家の家令をしております、トーマスと申します」

ピンと背筋が伸び、無駄のない立ち居振る舞いが美しい。やってきたのがエミリーではなく、フィオナのような華のない娘であっても、態度を崩すことなく丁寧に接してくれる。ただ、彼の挨拶には、こちらの様子を見定めているような雰囲気もあった。

トーマスだけではない。ずらりと並んでいる使用人たちが、どこかフィオナに期待をするような――同時に、不安を抱えているかのような緊張感を持っているのだ。

その理由は明白だ。見合いをはじめて早々に、この屋敷を出ていってしまう令嬢が後を絶たないというのだから。同時に、やってきた娘が供をひとりも連れず、荷物すら持っていないことも訝《いぶか》しんでいるようだ。

（荷物なんて、なにも持たせてもらえなかっただけなんだけど）

とはいえ、彼らが不安に思うのも当然だ。せめて立ち居振る舞いだけは気を付けようと自分に言い聞かせた。

両親が生きていた頃には、ちゃんとした教育を受けていた。だから、振る舞いなら貴族のご令嬢としての及第点を出せる自信はある。

ただ、相手は公爵家。上級貴族相手に自分のマナーが通用するかどうかはわからない。

それでも、フィオナだって進んで追い出されたいわけではない。どうせすぐに放り出されるとは思っているけれど、穏便に済ませたいというのが本音だ。

どんなにひどい言葉を浴びせられ、暴力を振るわれようとも、静かに耐えよう。そう心に決めて、できるだけ美しい立ち方を心がけながら、フィオナはトーマスに視線を向けた。

「セドリックさまがお待ちです。どうぞ、こちらへ」

そうして緊張感を持ったまま、粛々と屋敷の中へ案内された。

予想外だったのは、屋敷に足を踏み入れてすぐにフィオナの心が動いたことだった。白を基調とした広々とした玄関ホール。大理石の床が美しく、柱ひとつひとつにまで凝った装飾が施されている。その見事なつくりに一瞬にして目を奪われた。

伝統的な紋様が多く、天空を思わせる雲モチーフの装飾が入った柱のほか、細やかな葉や蔓《つる》の装飾が壁や天井を彩っている。

さらに正面には背中合わせのオオカミと盾の他に、菫の花と葉の装飾が入ったタペストリーが飾られており、その威風堂々とした佇まいに目を奪われた。ひとつひとつの紋様の美しさもさることながら、まったく形の異なるそれぞれのシンボルが綺麗に調和しており、見事と言うほかない。

（あれはウォルフォード公爵家の紋章ね。気高さがありながらも、どこか優しさも感じるわ）

あの意匠を刺繍するとしたら、どの糸を選ぶだろう。花型装飾はフィオナも得意とするところだが、王道である紋様の美しさに胸を打たれる。この意匠を自らの手で形にしてみたいと強く感じ、気が付いた時には手が勝手に動いていた。宙を縫うように自然と弧を描いており、ハッとする。

だって、久しぶりに刺繍のことを考えた。

ナサニエルたちに責め立てられ、あの狭い部屋に閉じ込められてからも、ずっと手は動かしていた。でも、気持ちは沈んだままで、なんだか硬い殻の中に閉じこもったような感覚でいたのだ。大好きな刺繍をしていても、それに心は伴わない。

こんな図案を縫ってみたいとか、どんな布や糸を使おうとか。以前ならば呼吸するかのごとく妄想してきたことが、ずっとできないでいたのだから。

フィオナは息を呑んだ。

（これまでの自分が、自分じゃなかったみたい）

それにようやく気付けて、胸を撫で下ろす。あの暗くて狭い部屋を出たのだと、今さらながら実感した。久しぶりに自分を取り戻したような感覚すらある。

「フィオナさま？」

「――あ。ごめんなさい。あまりに見事なお屋敷で」

見とれて足を止めてしまっていたらしい。

心が、じくじくしている。まるで氷が解けはじめたように。あるいは、傷が少しずつ癒えはじめたように。ようやく自分の全身に熱が通いはじめた心地がして、安堵《あんど》して息をつく。

そうするうちに強張《こわば》っていた表情筋が緩んでいたらしい。フィオナの微笑みを見たトーマスまでもが、なぜか安心したかのように眦《まなじり》を下げた。

「それはよろしゅうございました。後ほど、屋敷をご案内いたしましょう」

優しく呼びかけられると、フィオナの心にトォンと響いた。

なんということのない当たり前の会話であるはずだ。でも、そんな当たり前のことすら、これまでのフィオナは享受できなかった。

(この人が仕えている主人なら、悪い人ではないかもしれない)

これはある種の予感だった。

トーマスの優しさを噛《か》みしめるようにして、ギュッと唇を引き結ぶ。するとトーマスは、なにやら切実そうな色を浮かべて頭を下げた。

「――どうか。どうかセドリックさまを、よろしくお願いいたします。物言いの厳しい方ではありますが、本来とてもお優しい方なのです」

まるでなにかを託すかのようなトーマスの言葉の意味を考えているうちに、目的の部屋へとたどり着いたらしい。

そこは屋敷の玄関ホールにほど近い応接間であった。

フィオナを迎えるために準備されていたようだが、なぜか昼間なのにカーテンは閉じられ、少し薄暗い。

暖炉には火が灯《とも》っているし、ランプの光によって部屋全体は見渡せる。贅《ぜい》を凝らした調度品に溢《あふ》れた部屋ではあるけれど、その奇妙な薄暗さのせいか、足を踏み入れるのを躊躇する。

「我々は席を外すよう申しつけられておりますので」

トーマスが申し訳なさそうに告げる。

まさか相手となるセドリックと一対一で話さなければいけないのだろうか。

緊張で喉がカラカラになりそうだが、もう覚悟は決めた。フィオナはしっかりと瞳に光を宿し、大きく頷《うなず》く。そしてひとり応接間へと足を踏み入れた。


カツカツと足音が聞こえてきて、フィオナは体を強張らせた。ソファーから立ち上がり、入口のドアの方へと目を向ける。

（いらっしゃったわね）

冷酷だと噂の次期公爵との対面を前にして、思いのほか緊張しているらしい。カタカタと自分が震えていることを自覚する。どうにか気持ちを落ち着けようと、静かに、そして深く呼吸する。

そうして現れた男を目にした瞬間、フィオナの震えはピタリと止まった。

噂以上だと素直に思った。

艶やかな黒髪に高貴な菫色の瞳。陶器のような滑らかな肌に、すっと通った鼻筋。薄い唇は形がよく、その表情の冷ややかさすら彼の美貌に馴染《なじ》んでいる。

見目のよい殿方だとは聞いていたが、ここまで整った顔立ちの人をフィオナは見たことがなかった。

男性らしい均整の取れた体つきに、すらりと長い手足が紺色のコートに映える。圧倒されるほどの美しさを誇る彼こそが、次期公爵と名高いフィオナのお相手なのだろう。

男はフィオナを一瞥《いちべつ》してから、部屋の中へと歩いてくる。

彼自ら、小さな瓶やらペンやらが詰められた木箱を抱えてきたらしい。その左手の薬指にきらりと光る古びた指輪を見つけ、フィオナは瞬いた。ああ、噂は本当だったのかと。

どうもその白金の指輪には、彼の瞳と同じ菫色の石がひとつついているようだった。見間違いでなければ、その石がなぜか淡く発光しているような気がする。

ぱちぱちと瞬いているうちに、男はフィオナの向かいの席の前に立った。

そこで、ぱたんとドアの閉まる音がする。トーマスか誰かがドアを閉めたのだろう。

いよいよ男とふたりきり、フィオナはこの薄暗い応接間に閉じ込められた。

「セドリック・ウォルフォードだ」

自己紹介は簡潔極まりなかった。どう考えても見合いの挨拶とは思えない。けれど、そんなことをいちいち気にしていられない。

「レリング伯爵家、前当主が長女フィオナ・レリングと申します。お目にかかれて光栄です」

丁寧にカーテシーをし、彼の目配せを合図にソファーに腰かける。ローテーブルを挟んで彼と向かい合う形になり、緊張で身を固くする。

セドリックは手にしていた木箱をことりとテーブルの上に置く。それから一切表情を変えずに、静かにフィオナを見つめて語り聞かせた。

「最初に言っておく。これから話すことは他言無用だ。誰にも話さぬよう契約魔法を結ばせてもらう。それすら呑み込めぬようなら、今すぐこの屋敷を出ていってもらおう。――どうする、フィオナ・レリング」

「契約魔法？」

まさかの提案に、フィオナは困惑した。

噂では聞いたことがあるものの、実際に契約魔法を結ぶことなど初めてだ。というよりも、魔法自体、フィオナにはあまり馴染みのないものだった。

魔力は生きとし生けるものすべてが授かる、生命活動に必要なものである。魔力が体内を廻ることで、人の体は正しく機能するのだ。

ただし、数万人にひとりほどの割合で、莫大な魔力を持つ人間がいるという。彼らは魔力を体外に放出する際、なんらかの不思議な効果を生み出せるというのだ。

そういった特別な才能を持つ者のことを、人々は魔法使いと呼んだ。

魔法使いはその才が見つかり次第、王都に集められる。これは大変名誉なことで、彼らは鍛練を積んだ後、そのほとんどが魔法省に所属するのだとか。

遠い昔、フィオナも何度か魔法省の人間を目にしたことがある。彼らは国に雇われて、年に一度、各村々を廻っているようだった。

当然、レリング領にもやってきていた。広場に子供たちを集めて、なにもないところから水や炎を発生させたり、物を浮かせたり。フィオナもそれを遠目に見て、自分にも魔法が使えたらと憧れたものだった。もちろん、フィオナにはそんな才能などなかったけれども。

彼らの魔法はまるで大道芸のようにも見えた。でも、今考えると本来の目的は別にあったのだろう。

ああやって魔法を周知して回り、その才能を持った人間を探していた。街での活動が終わると、いつもフィオナの屋敷にやってきて、当時の領主であった父となんらかの会談をしていたようだったし。

とはいえ、フィオナがすべてを奪われ、離れに押し込められるようになってからは、彼らを目にする機会もなくなっていた。

魔法使いたちが、普段どのような活動をしているのかは知らない。ただ、フィオナには縁のないものだし、今後もそうだと思っていた。

けれど、ここにきて契約魔法とは。魔法によって契約を破れなくする手段らしいが、相当重要な取引にしか使用されないものだと聞いている。

「この契約魔法は魔法省『七芒《しちぼう》』アラン・ノルブライトの名でもって成立するものである」

そう言ってセドリックは、箱の中から一枚の紙を差し出した。他言無用であるという文面の後、確かにアラン・ノルブライトという人物のサインと血判がある。

アラン・ノルブライトと言えば、この国で有数の魔法使いで、セドリックと同じく王太子の側近のひとりのはず。

七芒というのは魔法省の位で、その頂点に立つ創主《そうしゅ》、次位の三輝《さんき》に次ぐ第三位。わずか七名の人間にしか与えられないという稀少《きしょう》な称号だ。魔法省全体でも十指に入るという非常に優秀な魔法使いである。

魔法使いというだけでも驚きなのに、そんな雲の上の人物まで関わってくるだなんて。

「誓いを破れば、破った者に確実に大きな災いが訪れる。身体能力の損傷——五感を失うというのが定説だな。実際、以前契約魔法を破った輩《やから》は声を失った」

「……っ」

どんな話をされようと、契約を破るつもりはない。けれど、出会って早々にこんなにも重たい話をされるとは。声を失うなど相当なことではないだろうか。

（なるほど、これは……）

これを聞いた時点で、引き返す令嬢は多いだろう。

そもそも、なにを聞かされるかすらわからないのに、それを漏らせば身体能力の損傷に繋がると聞いて、話を聞きたがる女性は多くないはずだ。

フィオナはごくりと唾を飲み込む。

「さあ、どうする」

「もちろんうかがいます」

それでもはっきり答えると、セドリックは意外とでも言うかのように片眉を上げた。

「――そうか。わかった」

ふむ、と頷き、彼はまじまじとフィオナを見た。興味深そうにじっくり観察され、どことなく居心地が悪い。けれど、フィオナは大人しくしていることしかできない。

「では、最初に言っておく。次期公爵とは言われているが、私に公爵家を継ぐつもりはない」

「え？」

さすがに予想しなかった言葉を告げられ、フィオナは瞬いた。

「どうだ？　私の身分や財産に期待していたのなら、婚姻などやめておけ。わざわざ王都までやってきたというのに、残念だったな」

まるでフィオナが身分や財産目的であると決めつけるかのごとく、セドリックは冷たく言い放つ。

（もしかして、これを聞いてがっかりした女性が多かったのかしら……？）

彼の言葉に戸惑いはする。けれど、フィオナは別の意味で困惑していた。

「それは、全然構わないのですが……あの、それだけですか？」

「は？」

つい口をついて出た言葉に、セドリックが目を見張る。

てっきり噂の恋人の話でもされるのかと思っていた。もちろん、恋人がいようがいまいがフィオナにはなんの問題もないけれど。

どうせこの婚姻は成立しないだろうし、口外無用を言い渡されるのであれば、秘密にしやすい内容の方が気持ちが楽だ。恋人の話は、色んな人が根掘り葉掘り聞きたがるだろう。だから、その話でなくてよかったと胸を撫で下ろす。

誰もがセドリックこそ次期公爵であると信じて疑わない。わざわざ訊《たず》ねられるような内容でもないだろう。なんとも背負いやすい秘密でホッとする。

それが表情に出てしまったのだろう。セドリックが面食らったような顔をして、こちらを見つめていた。

「あ。――その、申し訳ありません。なにを仰るのかとドキドキしておりましたので。お話をうかがって、少しホッとしました」

「ホッとするのか？　これが？」

「ええ。なにも問題ありません」

「問題、ないのか？　本当に？」

「はい。正直、秘密にしやすくて助かります」

安心してもらえるように大きく頷いてみせると、セドリックは頬を引きつらせた。だが、すぐにもとの厳しい表情に戻り、話を続ける。

「では、もうひとつの条件だ。婚姻を結んだとして、二年で離縁してもらうと言えば？」

「二年で？」

「ああ、そうだ。君は二年後、公爵家の嫁としての身分を失う。――もちろん、こちらの都合で離縁してもらうのだ。再婚相手を探すなり慰謝料を払うなり、それなりの保障はしよう」

「え？」

先ほど以上に衝撃的な提案に、フィオナは完全に固まった。

（え？　あれ？　それってつまり――）

彼が提示した条件の前に、情報を整理しなければならない。

そもそも論から訊ねてもいいのだろうか。

つい物言いたげな目を向けると、セドリックはフンと鼻で笑う。

「まあ、二年を棒に振り、離縁などという不名誉を背負い込むなどごめんだろうがな」

どうせこれで折れるのだろうとでも言いたそうだ。

でも、正直フィオナが引っかかっているのはそこではない。

「……ウォルフォードさま。失礼ながら、ひとつうかがってもよろしいでしょうか」

「なんだ」

「あの」

あまりに失礼なことすぎて言い淀《よど》む。

けれど、大前提を確認しないと話を前に進められない。

「ウォルフォードさまは、それらの条件にわたしが頷けば、本当にわたしと結婚なさるおつもりなのですか？」

「は？」

つまり、そもそも誰かと結婚するつもりがあるのかということである。

彼も予想だにしていなかった質問だったらしい。綺麗《きれい》な顔がピシリと固まった。それから珍獣でも眺めるように、まじまじとフィオナを見つめてくる。

（すごい。……わたしなんかの質問に、なんだかとっても真剣に考えていらっしゃる）

考えなしに訊ねてしまって、申し訳ないくらいだ。

でも、フィオナは異なる意味で安堵もした。

冷酷で、婚姻予定の相手に暴力を振るうような男性だと聞いていたが、そんな雰囲気はこれっぽっちもない。確かに言葉は厳しく聞こえるが、冷酷というよりも端的という印象だった。

飾り言葉が得意な令嬢にとっては恐ろしい相手なのかもしれないが、フィオナにとってはなんということもない。というよりも、真意を理解しやすくて案外話しやすいかもしれない。

「君は、私と見合いをするためにここに来たのでは？」

「それは、そうなのですが。——失礼を承知で申し上げると、てっきり追い出されるものなのだと」

「なにが悲しくて追い出す前提で見合いをしなければいけないのだ。互いに時間の無駄だろう」

「すみません」

「いや。——私も、逃げ出される前提で話しているところもあった。それは詫《わ》びよう」

（ほら、こういうところ）

少し気まずそうに、目を背けているあたり人間味がある。

それに、この人にはフィオナに対する悪意がない。

最初こそ見定めるような目を向けてきたし、フィオナが普通の令嬢ではないことなどすでにお見通しだろう。それでも、あくまで見合い相手として見てくれていたらしい。

「私が身を固めないかぎり、王妃陛下の計らいで、すべての貴族女性と見合いさせられそうな勢いでな。——君には悪いが、二年間、その盾になってもらいたい」

「盾……」

なるほど。彼の思惑は理解した。

結婚を望まぬ彼にとって、名ばかりの妻が必要ということらしい。

「よかれと思って取りなしてもらえるのはありがたいが、私にこの家を継ぐつもりはない。だから本物の妻など不要なのだ」

妻の役割を考えると、確かに公爵家を継ぐつもりのない彼にとって必要ないのかもしれない。もし、結婚した女性に愛することを強要されたら困るだろう。さらにその女性との間に跡取りなど生まれてしまったら大変だ。それが彼の目的にとって足枷《かせ》になるからだ。

フィオナはそっと、彼の左手薬指に光る指輪に目を向けた。彼の真の目的を考えると、妻という存在自体が邪魔なのだろう。――誤解されてしまっては困るだろうし。

「事情は理解しました」

「そうか。話が早くて助かる」

「つまり、二年後に意中の女性と結婚なさる算段がおありで、それまで時間稼ぎをしろと」

瞬間、彼が両目を見開いた。

しばしの沈黙。パチパチパチと、暖炉の火の音が妙に大きく聞こえる。

「……は？」

セドリックは明らかに動揺しているようで、完全に固まっている。なるほど、まさかフィオナの方からその話を持ちかけるとは思わなかったのだろう。

彼の感情がここまではっきり顔に出るのは初めてで、フィオナは納得した。

（よほど大切な方なんだわ）

周囲になんと言われようとも、一切外されることのない指輪。外聞を気にせず堂々と身につけているなど、相当な覚悟と決意が必要だろう。

（お相手の女性は、愛されているのね）

いらぬものとして扱われているフィオナとは大違いだ。

フィオナは目を伏せた。心を落ち着けて、自分の心の中でひとつの結論にたどり着く。

(だったら、わたしの取るべき行動はひとつね)

お飾りの妻として余計なことはしないように、屋敷の奥でひっそりと過ごせばいい。それはフィオナにとって難しくないことだ。

フィオナは大きく頷いた。なんだか気持ちが軽くなって、にっこりと笑ってみせる。

「大丈夫です、わきまえております」

「は？　いや、君はなにを……？」

セドリックは狼狽《ろうばい》しているようだけれど、安心してほしい。フィオナは彼らの邪魔立てなどしない。

突きつけられた条件は、確かに普通の貴族令嬢にとっては受け入れがたいものだろう。

とはいえ、彼に恋人がいたところで、フィオナにはなんの問題もない。むしろ都合がいいくらいだ。フィオナが自分の立場をわきまえるためにも、よい抑止力になるだろう。距離感を間違えないよう、常に意識をしていればいいだけのこと。

それさえ気を付けていれば、二年の間、衣食住に困ることがない。そして契約を全うした暁には、それなりの保障をしてもらえるのだから。

(ありがたいことね)

未来が開けていく心地がした。

フィオナに再婚相手は不要なので、できれば金銭でお願いしたいところだ。あのセドリック・ウォルフォードが約束してくれるのだから、独り立ちするには十分だろう。

「わたしはウォルフォードさまの事情を隠すための、仮初めの妻ということですね」

「それは、そうなのだが」

とんとんとん、とセドリックがこめかみを何度か叩《たた》いている。眉間に皺《しわ》を寄せてたっぷり考え込んだ後、こほんと咳《せき》払いをした。

「まあいい。とにかく、この条件が呑めるなら君と結婚する。ただし――」

彼は自ら、そっと左手の指輪に触れた。先ほどフィオナが彼の指輪を見ていたことに気がついていたようだ。

「この指輪は私に必要なものだから外さない。それだけだからな、勘違いせぬように。――ああ。だから揃いの結婚指輪は作れない。これも条件に入れてもらおう」

彼は短く話を切り、有無を言わせず了承させられる。

(なるほど、これ以上詮索するなってことね)

はっきりと頷いてみせると、彼はしばらく黙り込み、ゆっくりと目を伏せた。愁いに満ちた様子で眉根を寄せ、菫色の瞳に暗い色を灯す。

「――二年後、弟のライナスが成人する。その際、私はあいつに次期公爵の座を譲り渡したいんだ。そのためにも子を成すつもりはない。だから、私に愛されることは期待しないでほしい」

フィオナの胸の奥が、とくんと静かに音を立てる。

（この表情——）

彼が家族を領地に閉じ込めているという噂は知っている。

でも、今の条件を聞いて、その噂も嘘なのかもしれないと思った。だって彼は家族を心配し、慈しむような表情をしていたから。

（恋人のことも、ご家族のことも。それぞれ深く考えていらっしゃるんだわ）

噂と違って愛情深い人かもしれない。二年という時を費やして彼の役に立てるのは、純粋に喜ばしく感じた。

「承知しました。では二年、ウォルフォードさまが納得できる形で契約を。わたしが相手でもよろしければ」

「そうか、了承してくれるか。——感謝する。それで？」

突然話を振られるも、意味がわからずに首を傾《かし》げる。

そんなフィオナの察しの悪さに呆《あき》れるわけでもなく、彼は淡々と続けた。

「君には要望はないのか？」

「え？」

こちらの要望も聞き入れてくれるとは思わず、驚きでぽかんと口を開ける。すると彼は怪訝《けげん》そうな顔つきで片眉を上げた。

「これでは、私が一方的に要望を押しつけただけではないか。これは取引だ。君にも利があって然《しか》るべきだろう？」

まさかの提案にフィオナは息を呑む。

(私の話まで、聞いてくださるんだ)

胸の奥がじわりと熱くなる。彼の言葉は、傷だらけのフィオナの心に温かく沁《し》みた。少しだけ目頭が熱い。涙がこぼれぬよう我慢しながら、フィオナは口角を上げた。

彼にとってはなにげない言葉だったのかもしれない。でも、フィオナにとっては温かく、眩《まぶ》しい。

(真摯でいよう)

これから先、彼に対して。そして彼の示してくれる誠意にしっかり応えよう。

たった二年間の仮初めの婚姻だ。

彼は自分の要望を一方的に押しつけただけだと言ったけれど、その言葉の向こうにセドリックの誠実さを感じた。トーマスは、彼のことを『物言いの厳しい方ではありますが、本来とてもお優しい方なのです』と言った。

今、フィオナも、セドリックに対して同じ印象を持った。

二年間、この優しい人のために尽くそう。そう決めた。

「それで？　なにかないのか？」

「契約魔法で縛らなくてはならないようなことは、なにも」

セドリックは驚くように息を呑む。フィオナの言葉の真意を知りたいのか、話を促すように身を乗り出す。

でも、フィオナの伝えたいことはシンプルだ。呼吸を整え、真っ直ぐに伝える。

「わたし、フィオナ・レリングはウォルフォードさまを信用いたします」

「……そうか」

セドリックは噛みしめるように呟《つぶや》いた。それから口元を押さえ、そっと視線を横に向ける。

「君は、少し甘いところがあるな」

「そうかもしれませんね。公爵家に嫁入りするなど、本来分不相応な娘です。だから特別なことなど望みません」

「それは」

セドリックがなにか言いたげにこちらを見る。しかしそれはわずかの間で、すぐにふるふると首を横に振った。

「いや。しかし、契約魔法まで結ぶのだ。一方的すぎるのは私も気が引ける。なんでもいい。要望は先に言ってくれ」

言わないと先には進めなそうな勢いだ。

さすがにフィオナも折れて、では、とおずおずと伝えるに至った。

「先ほど仰った二年後のことですが。再婚相手は探さなくて結構ですので、できれば、その――」

「なんでも言え」

「……お金、を」

声が尻すぼみになってしまう。仮にも貴族の娘が直接金銭をねだるのはどうかとも思うが、セドリックはしっかりと頷いてくれた。

「かまわない。では、五千万ティオでどうだろう」

「ご、五千万⁉」

驚きの数字に、フィオナは素っ頓狂な声をあげる。聞いたこともないような金額だ。平民として生きていくならば、一生お金に困らないほどの金額ではある。

「少なかっただろうか。では――」

「違います！　多すぎます！　身を滅ぼしかねないので、もう少し減らしていただけると！」

これ以上金額をつり上げられてはたまらない。

叔父一家に見つからないようにひっそりと生きたいだけなのだ。多すぎる現金を持たされると、逆に心配事が増える。

ひっそりと慎ましく暮らすつもりではあるが、ナサニエルのような勘の鋭い人間というのは存在する。フィオナがお金を持っていることを嗅ぎつけて、変な人間に目をつけられる可能性は考えておくべきだ。強盗などの心配もしなくてはならないだろうし、かといって警備の者を雇うのも、それはそれで目立ってしまう。

だからといって生きていくために最低限の金額をお願いすれば、セドリックに怪しまれる可能性もある。

さて、どうしたものだろう。

（二年後は市井の人に紛れて生きていきます、なんて言えるはずがないし……）

これまでの少ない会話からもわかる。彼はどちらかというと義理堅く、真面目な性格なのだろう。二年後、フィオナが平民になったことを知ったら、彼は心を痛めるかもしれない。

こんなによくしてもらうのだ。彼に変な心の枷をつけたくない。だから彼にも見つからないように、ひっそりと生きる方法も考えなければ。

「君の二年という時間をもらうのだ。私はそこに五千万ティオの価値があると思ったからこそ、提案したのだが？」

それを否定するのかと言わんばかりに、彼の視線が鋭くなる。頑なな様子で、彼が金額を引き下げてくれる雰囲気はなさそうだ。

フィオナは頭を悩ませた。

（どうしよう。受け取り方を変えてもらうとか……いっそ、寄付に回すのもありね。二年もあるから方法はゆっくり考えよう）

問題を先送りするのは得意だ。だからフィオナは覚悟を決めて、大きく頷いてみせた。

「わかりました。仰る通りの金額でお願いします。でも、二年後――たとえば受け渡しを幾度かに分けるなど、受け取り方法を指定させていただいてもよろしいですか？」

フィオナの提案に対して、セドリックは鷹揚《おうよう》に頷いた。

「もちろん問題ない。君の希望に沿うように取り計らおう」

「ありがとうございます。でしたら、他に要望はございません」

「そうか。では、今の内容を書き足そう」

そう言って彼は、木箱の中からもう一枚の紙を取り出した。

最初に見せられたのは、彼の事情を他言無用にするための契約書であったはず。そこには、どの話題を口に出してはならないか、つらつらと書き連ねてある。

それとは別にもう一枚、彼は事前に契約書を用意していたらしい。

――セドリックは公爵家を継ぐつもりはなく、それを認めること。

――二年後に離縁すること。

――子を成す行為はしないこと。

そして最後に、離縁の際、フィオナに五千万ティオを支払うこと。なお、その手段については本人と協議の末決めると書き足してもらった。

カッチリとした硬質な字で自分の名前を書き、セドリックはフィオナに視線を向ける。

「次は君だ」

言われるままに、フィオナは二枚の契約書それぞれに自分の名前を綴《つづ》った。

セドリックはフィオナのサインを検《あらた》め、文面をもう一度確認する。不備はないようで大きく頷くと、その二枚の紙をテーブルの上に置いた。

「では、契約魔法を結ぼう」

迷いなくそう告げるセドリックに対し、フィオナは小首を傾げる。

「ウォルフォードさまも魔法が使えるのですか？」

「いや」

フィオナの質問に彼は首を横に振りながら、持ってきた箱から小さな瓶を手に取った。

「この瓶の中に、アラン・ノルブライトの魔力を液状化してもらっている。私自身が魔法を使えずとも――」

セドリックがその瓶の蓋を取った瞬間、入っていた透明の液体が黄金色に発光した。

「アランの魔力をかければ、契約魔法は発動する」

「わ、あ……っ！」

薄暗い部屋の中だからこそ、その黄金色はより煌々《こうこう》と輝いた。不思議な光景にうっとりと見とれてしまう。

「とはいえ、他人の魔力だからな。余計な力が混じらぬよう、日光の影響を受けないようにするんだ」

そう教えてくれながら、彼は輝く液体を二枚の紙に向かって流し込むように傾けた。

ざあああ、と黄金色の液体が二枚の紙に流れ込む。その液体はこぼれることなく、みるみるうちに紙に吸収されていく。

瓶の中身が空になる頃には、二枚の紙は黄金色に染まり、紙自体が発光していた。

「本来、契約魔法を結ぶ際には、本人も見届けるべきなのだが――まあ、適当な男でな。普段からこうして、彼の魔力を預けられているわけだ」

文言を書き足した先ほどの様子を考えても、契約内容すらも任せられているのだろう。契約魔法というのはかなり重要な契約だと思うのだが、アランという人はそれすらも気にしない剛胆な性格のようだ。

「あとは互いの血判を押せば、契約完了だ」

そう言いながら、セドリックは箱から小型のナイフを取り出した。慣れた手つきで左手の親指を切り、二枚それぞれに血判を押す。

思った以上にしっかりと傷をつけていて、フィオナは頬を引きつらせた。

「――ああ、心配しなくていい。私は血に魔力が滲みにくい体質でな。多めに血液が必要なんだ。君はここまでしなくても大丈夫だ」

曰《いわ》く、どのような人間でも血には微量の魔力が含まれているのだとか。そして、契約魔法には本人登録のために、その魔力が必要らしい。

言葉通り彼はすぐにナイフを仕舞ってしまう。代わりに小さな針を取り出した。

「左手を貸してくれ」

確かに針なら怖くはない。でも、フィオナは躊躇した。

「痛くはしない。怖いなら、目をつぶっておくといい」

契約を結ばないと前には進めない。だから手を出さないわけにはいかない。

フィオナは静かに息をついた。それから意を決して、ゆっくりと左手の手袋を外した。ぼろぼろで、針すらも必要ないのではと思えるほど、無数のあかぎれができた労働者の手が現れる。

事情があることくらい、とっくにバレているだろう。それでも、令嬢らしからぬこの手を見られることは憚《はばか》られた。

彼が差し出してくれた手に、恐る恐る労働者の手をのせる。彼は一瞬目を見張るも、すぐにいつもの無表情に戻った。

「怖がる必要はない。すぐに終わる」

「大丈夫です」

「――そうか」

チクリとした痛みは一瞬だった。

彼はその手を、契約書にあるフィオナのサインの横に押しつける。少し手を離し、もう一度血がぷくりと溢れるのを待ってから、もう一枚も。

そうしてフィオナが血判を押した瞬間、二枚の紙はふんわりと発光し――やがて集束していく。ふたり分の血判が黄金色に変わり、紙自体はもとの白に戻っていた。

彼は血がつくのも厭《いと》わず、自分のハンカチーフでフィオナの指を押さえる。

「ウォルフォードさま、せっかくのハンカチーフが汚れてしまいます！」

傷痕はどこなのかわからないほどで、すぐに血は止まった。放っておいても構わない程度のものだ。むしろ、ざっくりと指を切っていた彼こそ止血すべきではないだろうか。

「問題ない。それより、これで契約は完了だ」

有無を言わせず彼はフィオナの指先を確認してから、大きく頷く。

「私としてはいつ入籍しても構わない。ただ、できるならば早めに。それから規模は小さめに済ませたいのだが」

なんの規模かというと、おそらく結婚の挨拶や結婚式のことだろう。

「ウォルフォードさまのご希望に従います」

「助かる。では、これからよろしく頼む。――フィオナ」

そこで初めてちゃんと名前で呼ばれた。

どきりと胸が高鳴り、反射的に握られていた手を引っ込めた。

胸の前で荒れた左手を右手で隠すように覆ってから、ごくりと唾を飲み込む。

二年間限定の仮初めの婚姻。役割は、彼のお飾りの妻に徹すること。

自分の立場を再確認し、はっきりと宣言する。

「はい。精いっぱい務めます。その――」

名前を呼ぼうとして、はたと固まった。

（セドリックさまとお呼びしていいのかしら？　でも――）

どことなく憚られる。どうせ二年後に離縁するのだ。だから踏み込みすぎないようにするべきだろう。距離感を考え、フィオナはひとつの答えにたどり着いた。

「旦那さま？」

「……っ」

セドリックは面食らったような顔をして、視線を逸らした。ああ、と掠《かす》れた声で返事があったから、この呼び名でいいのだろう。ホッとして、フィオナは頬を緩めた。

「ひとまず、家の者に君を紹介することにしよう」

そう言ってセドリックは立ち上がり、フィオナにそっと手を差し出した。

（そっか。エスコート）

ぱちぱちと瞬いてから、フィオナもゆっくりと立ち上がる。淑女らしさを意識して、たおやかな物腰で彼に応えた。

導かれるままに応接間を出る。そしてセドリックは、そわそわした様子のトーマスを呼び止めた。使用人たちを召集するということは――と、膨らむ期待に表情を明るくしたトーマスは、すぐに全員を呼び集めた。

屋敷全体がにわかに騒がしくなり、急いで集まってきた使用人たちに対し、セドリックが宣言する。

「紹介しよう。レリング伯爵家のご令嬢フィオナ・レリング嬢だ。彼女がこの家の女主人になることが決まった。よく仕えるように」

瞬間、わっと明るい歓声が皆の口から飛び出したのだった。

第二章　刺繍にたっぷりと祈りを込めて

「ウォルフォード、これは、いったいどういうことだ？　おめでたいことだが、急展開すぎて私もついていけていないのだが？」

ぺらりと目の前に一枚の紙を掲げられて、セドリックはギュッと眉間に皺を寄せた。これから繰り広げられるであろう問答が予測できてしまい、げんなりしてしまう。

まったく、主君が権力を持っているというのは厄介だ。届け出た場所は別の部署なのに、どうして目の前の男が持っているのだろうか。

申請書を出して、事務作業だけ済ませてもらえれば書面上の婚姻は成り立つ。

貴族なので国の承認は必要であるものの、それも本来は流れ作業。わざわざ主君からの確認作業が入ることなどないはずなのに。

ため息をつきたくなるのをぐっとこらえて、セドリックは返事をした。

「それはそうでしょうね。昨日、結婚を決めたばかりですから」

フィオナと契約魔法を結んだ翌日。

仕事のために登城して、早々に呼び出されたかと思えばこれだ。

主君の執務室にて、表情ひとつ変えずに説明したところ、目の前の人物は面食らったようにして肩を竦《すく》めてみせた。

「まったく。お前はたまに、さらりと大きな決断をしてみせるから驚く。結婚おめでとう、と言うべきか？」

華やかな金髪に碧《あお》い瞳。高貴な身分に相応しく、優雅で華やかな雰囲気の男性がわざとらしくため息をつく。

オズワルド・アシュヴィントン・リンディスタ。セドリックの従兄《いとこ》でもある彼は、このリンディスタ王国の王太子だ。

年齢は二十五歳。セドリックのひとつ年上で学生時代からの腐れ縁――もとい友人でもある。学校卒業後、セドリックは彼の側近となり、日夜この王城へ詰めかけていた。

革新的な考え方を持つオズワルドは、王太子でありながら国の至るところへ自ら視察へ赴く行動力のある御仁《ごじん》である。

それなりの国土を誇るこのリンディスタ王国にて、度重なる視察には時間も労力もかかる。そんなオズワルドのありあまる行動力に、セドリックは巻き込まれ続けているわけだ。

オズワルドが次々と発案する施策や法案を実行に移すため、資料作りや根回しに駆け回るのがセドリックの役目だった。血が繋がっているだけでなく、さんざん迷惑をかけられているせいか、セドリック自身も彼には遠慮がない。

「ありがとうございます。これで、王妃陛下のお手を煩わせることもなくなるかと」

「あのな」

いくら自分の叔母とはいえ、望みもしない見合い話ばかり持ってくる彼の母には辟易《へきえき》していたのだ。嫌みったらしく言ってのけると、さすがのオズワルドも頬を引きつらせる。

「次期公爵になるお前がいつまでも身を固めないと、周囲に示しがつかないだろう？」

「そうですね。そのお言葉、そっくりそのままお返しいたします。殿下がご結婚なさらないことも、王妃陛下は大いに憂えているはず。私は決意をしましたので、次は殿下です。ご覚悟を」

「なかなか言うな」

婚姻の話が出るたびに、のらりくらりと身を躱《かわ》しているのはオズワルドもなのだ。王妃も苦労していると聞く。

次世代とも言われ、やがてこの国を牽引《けんいん》していくオズワルドに、それを支えるであろうセドリック。彼らが一向に結婚する気がなかったことは、この国の将来を考える上でも大きな課題だったわけだ。

オズワルドの婚姻がなかなかまとまらないからこそ、その腹いせか、ある種の気分転換か。ついでに甥《おい》であるセドリックの方にまで王妃の矛先が向いた。オズワルドだけでなく、王妃にまで振り回される日々ももう終わりだ。

「本当に結婚するのか？」

「ええ」

セドリックは貴族らしからぬほど、合理性を重視する性格であった。覚悟を決めれば、今日結婚しようと数カ月後であろうと同じだ。となると、セドリックの動きは早かった。

まずは早々に、この見合いを取りつけてくれた王妃に礼状を書いた。ついでに、結婚式はふたりだけで挙げる予定である旨も添えて。でないと王妃の方が先走りしすぎて、大々的な結婚式を挙げることになってしまいかねないからだ。

どうせ二年後には離縁する予定だ。面倒な婚約の打診を避けるためだけの、形だけの婚姻である。大々的な結婚式などをして、それに時間を取られてしまっては本末転倒だ。面倒なことにならないように早々に手を打ち、さっさと結婚してしまいたい。

結婚の申請書も朝一番に提出した。――なぜかそれが、オズワルドの手元に渡ってしまっているのだけれど。

「セドさんもようやくかあ！　昨日、二枚目の契約魔法が締結されたからびっくりしたよ」

と、そこで、ひとりの男が明るい声で会話に割り込んだ。

オズワルドの後ろに控えていた朱色の髪の男である。その髪は長く、後ろでひとつにまとめてある。ひょろっとした痩せ形の、どことなくキツネを思わせる糸目の彼は、魔法省の紋章がついたマントでその身を包んでいた。

「いいお相手見つかったんだねえ。よかったよかった」

なんて言いながらパチンとウインクすると、黄金色の三白眼が覗《のぞ》いた。

二枚目の契約魔法というのは、婚姻する上での約束事の方だろう。いつもは口封じのための一枚目しか使用しなかったからこそ、彼も驚いているようだった。

「これで君の手を煩わせることもなくなるな、アラン」

「ほんとだよ。契約魔法書がうず高く積み上がるのも、もう終わりかあ」

しみじみ呟いてみせる彼の名はアラン・ノルブライト。魔法省における第三位、わずか七名にしか与えられない七芒という称号を持った優秀な魔法使いである。

本来ならば何年、いや何十年も研鑽《けんさん》を積んでようやくたどり着けるその地位に、稀有《けう》な才能によりあっという間に到達した男だ。その実態は自由気まますぎる男なのだけれど。

そんな彼もまた、セドリックと同じくオズワルドの側近として働いていた。

セドリックとアランは学生時代からの同級生。クラスまで同じであった。

彼も彼でなかなかの腐れ縁でもある。ひとつ年上のオズワルドとともに生徒会でも顔を合わせていて、その頃からずっと三人一緒だ。

ちなみに、政務関連の実務をするセドリックに対し、アランの役割は表向きには護衛業務だ。別途護衛騎士ももちろんいるけれど、魔法が使え、頭の回転が速い彼は、護衛兼相談役としてオズワルドと行動をともにしていた。同時に密偵という裏の顔もある。

政府の中でも独立機関である魔法省所属の魔法使いでありながら、王太子の側近として陰日向《ひなた》に動き回っている変わり者なのだ。

行動力のあるオズワルドとアラン、ふたりがなにか起こすたびに、周囲の者たちがセドリックに泣きついてくる。つまりセドリックはふたりの暴走に対する唯一のフォロー役なのだ。契約魔法も、いわばアランのやらかしに対する尻拭い代のようなものであった。

「いやあ、実にめでたいなあ」

いつも飄々《ひょうひょう》としていて、誰に対しても砕けた態度がなんとなく許されているアランは、遠慮がない。セドリックがようやくひとりの女性に決めたのだ。ここぞとばかりにからかってきそうな雰囲気がある。

おもちゃにされてたまるものかと、セドリックはこほんと咳払いし、話を進めようとした。

「とにかく。ようやく妻に望む相手が現れたのです。殿下、承認をお願いいたします」

「望む相手ねえ」

本来ならば別の部署経由で承認を受けるだけの申請書を、オズワルドはひらひらと揺らしながら立ち上がる。

執務机から談話用のソファーへと移動し、優雅に座った。それからセドリックを誘う。

これは話が長くなるなと、セドリックは思った。

今日中に終わらせなければならない業務は山積している。なのに、オズワルドが満足するまで付き合わなければ解放してもらえそうにない。

静かにため息をついてから、セドリックは彼の向かいのソファーに移動する。大人しく席に着くと、自分も混ぜてくれと言わんばかりにアランも近くのソファーに腰かけた。

「フィオナ・レリング。――レリング伯爵家、前当主の娘か。まさか、あの条件を呑む令嬢が現れるとはな」

オズワルドは実に興味深そうだ。碧色の瞳をきらりと輝かせ、詳しく話せとばかりに身を乗り出してくる。アランも隣で、感慨深そうにこくこくと頷いていた。

「ようやくかあ。今さらながら、本当によくお相手が見つかったねえ」

目の前のふたりはセドリックの抱える事情も求める条件もすべて知っている。だからこそのこの反応なのだろう。正直セドリックも、この未婚三人組の中でまっさきに自分の結婚が決まるなどと思っていなかった。

「私自身、驚いています。まさかあのように、すんなり条件を受け入れる娘が現れるとは」

しみじみと呟いたところで、オズワルドの側仕えがお茶を運んできた。

補給以外の目的では、セドリックは菓子のたぐいを口にしない。そのことを知っているからか、セドリックの前にはお茶だけだ。

一方でアランが嬉《うれ》しそうにお茶請けのクッキーをぱくぱく口にしている。まったく、この男は本当によく食べるし遠慮がない。

側仕えが退出するのを確認してから、オズワルドがやたら楽しそうに話を続ける。

「気難しいお前自身も承諾したということは、よほどその令嬢を気に入ったのだな」

「彼女とは互いに結婚に求める条件が合う、都合のいい相手だったというだけです。それ以上でもそれ以下でもありません」

むしろ条件さえ合えば誰でもよかった。だから淡々と答えたものの、オズワルドは不思議そうに小首を傾げている。

「ふうん。でもお前が妻にしてもいいと思うほどには、好印象な相手だったのだろう？　どんな女性なんだ？」

「どんな女性……」

そう言われても返答に困る。

セドリックは目を伏せて、しばし考える。

昨日初めて話しただけの女性だ。食事はともにしたが、結婚までの流れや公爵邸で暮らす上で必要な情報を共有したくらいで、たいした会話はしていない。

ただ、彼女は食事をひと口食べるたびに目をきらきら輝かせていて――それが妙に印象に残ったくらい。それですべてだ。

「わかりません」

だから素直に答えた。

「は？」

目の前のふたりがぽかんと口を開けた。

訊ねられたところで正しい返答などできない。憶測でものを言うことはしないようにしているため、セドリックは正直に報告する。

「彼女の人となりが知りたいのであれば、家の者に探らせましょう。——殿下やアランが、それを知る必要性もないと思われますが」

残念ながら、フィオナに対する興味など持ち合わせていない。ゆえに仕事をするのと同じ感覚で、人物調査を提案するに至った。

「探らせるって……お前、その令嬢と結婚するんだよな？」

「そうですね」

「政略結婚でも、もう少し相手には興味を持つものだと思うが」

「レリング領には仕事上の興味はあります」

これは事実だ。王都と隣接して国道が走っているにもかかわらず、前領主が身罷《みまか》った後、たいした発展をしていない街。立地がよく、発展できる環境はいくらでも整っているはずなのに、それを活《い》かせていないのだ。

（まあ、色々あったのだろうな）

領主の交代劇についてはおおよそ把握している。

フィオナの叔父にあたるナサニエル・レリングが伯爵位に就き、フィオナはその保護下に置かれることとなった。

だが、おそらく――いや、間違いなくフィオナは冷遇されていたのだろう。フィオナと初めて会った時から、セドリックは彼女の置かれていた状況を正確に読み抜いた。

よくある話だ。ナサニエルの実子でないフィオナは、虐げられていたに違いない。

彼女を実家に戻すと、面倒なことになりそうだった。それも結婚を急いだひとつの要因である。フィオナに結婚するまでの間もウォルフォード公爵家のタウンハウスで過ごしていいと伝えると、彼女もホッとした様子だったし、悪い判断ではなかったはずだ。

結婚する旨はレリング伯爵家にもすでに伝えているし、公爵家相手に今さら反対もないだろう。なにか言ってきても、淡々と対応すれば済む程度の相手だ。

そういう意味でも、フィオナは実家との関係が希薄で利用しやすい娘だった。離縁する時も簡単そうで、実にいい。

（大事なのは実の娘の方だろうしな。名前は確か――）

エミリーとかいったか。きっとナサニエルはエミリーに婿を取らせて、レリング領を継がせるつもりなのだろう。前当主の娘であるフィオナの存在は邪魔でしかなく、せめて政略結婚の駒として活かそうとしたわけだ。フィオナにとっては不幸なことかもしれないが、貴族社会ではたいして珍しいものでもない。

中途半端に血の繋がった血族ほど厄介なものはないのだ。排除しようとするナサニエルの思考は、貴族としては理解できる。フィオナのことは不憫《ふびん》だとも思うが、そのおかげでセドリックも丁度いいお飾り妻を手に入れられたというわけだ。

「これは一種の政略結婚のようなものと考えています。フィオナ・レリングにもすでに、私の関心を得られることを期待せぬよう、伝えてありますし。それを承知の上で、彼女も私の妻となるわけですから」

だから皆が興味を持つような、愛だの恋だのといった感情は今後も生まれるはずがない。残念ながら、オズワルドたちのおもちゃになるつもりもない。

「……お前なあ」

オズワルドが頬を引きつらせている。

最初は楽しそうに聞いていたアランすら、悩ましげにこめかみを押さえていた。

「都合がよかった。それだけです」

淡々と言ってのけると、オズワルドが深々とため息をつく。

「母上のせいで、ひとりの不幸な花嫁が生まれるのか。……なんだか申し訳なくなってきたな、そのフィオナという令嬢に対して」

自分が結婚に向いていないことなど、今さらすぎる。

なにを当たり前のことを言っているのかと、セドリックは鼻で笑った。

「王妃陛下の所業を気に病むのであれば、どうぞ私の代わりに彼女を気にかけてやってください」

「ウォルフォード、花嫁を幸せにするのはお前の役目だろう？」

「どうしてでしょう」

「どうしてって……お前なあ」

セドリックには人間として当たり前の気遣いや慈しみといった感情が欠けている自覚がある。彼女を幸せにするために、取引以上にわざわざ働きかけるつもりはない。

それをわかった上で、王妃はセドリックを結婚させようとしたのだろうし、オズワルドもそれを見て見ぬふりをしてきたのだろう。後から文句を言われる筋合いなどないのだ。

「こんなに早々に結婚を決めたんだ。お前なりに、相手に対して好印象を抱くところがあったからではないのか？　本当に、彼女に対してどんな感情も持っていないのか？」

幼い頃から兄のようでもあり、友人であったオズワルドは、昔からセドリックをなにかと気にかけてくれる。彼なりに、これが世間一般で言う幸せな結婚であればいいと思っている節があるのだろう。でも、そのような一般的な括《くく》りにはめられても、困惑するだけだ。

確かにフィオナの印象は悪くない。受け答えははっきりしており、頭の回転も悪くない。物《もの》怖《お》じせずに自分の考えをきちんと言うし、彼女の価値観に悪い印象もない。

突拍子もないことを言われて、その感性に驚かされもしたが、嫌な感じはしなかった。

自己評価が低い印象があるが、それは彼女の育ちによるものだろう。どうせ彼女に社交を求めないのだから、問題になるようなものでもない。

「別に。ウォルフォード公爵家の人間になるのに問題ないと判断しました。それだけです」

「そうか。だが、お前の両親は？　ウォルフォード卿も黙ってはいないだろう？」

「あの方たちの判断を仰ぐほどのものでもないでしょう。すべて私に委ねられておりますから」

両親とはもう何年も顔を合わせていない。

領地経営は彼ら自ら行っているが、王都での実権は実質セドリックが握っている。もともとのんびり屋な彼らは、社交シーズンになっても領地に引きこもったまま出てこない。それが性に合っているからと、王都でのやり取りはセドリックに任せ、半ば隠居状態なのだ。

だからこそ、セドリックが次期公爵であると誰もが信じて疑わない。

そんなセドリックのお相手が突然決まったことで、城は今や大騒ぎということだが。

「……うーん、なるほどなあ。噂の真相はこんなものか」

「噂？」

セドリックは片眉を上げた。

「ああ。お前、昨日の今日で結婚を決めた上、すぐに申請書を出しただろう？　あんなに結婚を渋っていたセドリック・ウォルフォードが、レリング伯爵家のご令嬢にひと目惚《ぼ》れしたともっぱらの噂さ」

この話にはアランも大きく頷き、楽しそうに補足する。

「そうそう。あの冷酷なウォルフォード次期公爵が、一日も早く婚姻を結びたいと願うほどの乙女が現れたってね。僕も朝から何人に聞かれたことか。指輪の噂なんてどこへやらだよ」

そう言ってアランが、セドリックの左手の薬指に目を向けた。

そこにはセドリックの瞳と同じ菫色の石がついた古びた指輪がはめられている。

セドリックの個人的な事情で、けっして外すつもりのないその指輪は、はめられている指のせいか邪推されることが多い。

（そういえば、フィオナも勘違いをしていたな）

セドリックには身分がつり合わぬ恋人がおり、その相手との愛の印として指輪をはめているという荒唐無稽な噂がある。これまで数多くの女性と見合いの上で口封じをしてきたため、余計にその噂が真実味を帯びていたのだろう。

いちいち訂正して回ることすら阿呆《あほ》らしいので放置しているが、フィオナもしっかりその噂を信じ込んでいたようだ。

フィオナと深い関係を築くつもりはない。距離感を保つのに丁度いいだろうと、あえてはっきりと否定せずにいた。それでも彼女は不機嫌になることもなく、にこにこと微笑んでいた。

（普通は嫌なものだろうが……調子が狂うな）

セドリックのことを簡単に受け入れすぎではないだろうか。

あまりに人がよすぎる。セドリックにとっては都合のいい相手ではあるが、少しだけ胸の奥に引っかかりもあった。

（この調子であれば、指輪の噂とは別に、彼女との噂も好き放題流れそうだな）

いちいち世間のゴシップになど付き合っていられない。フィオナとの噂もあることないこと出回ることになるのだろうが、どうにでもなれだ。

自分への悪評などものともしない。訂正することなどないため、セドリックの噂は真実から大きく外れたものも多いのだ。

「で？　結婚指輪はどうするの？」

アランが前のめりで訊ねてくる。

もともとこの指輪はアランにもらったものだ。代わりのものはない唯一無二の魔法の指輪で、セドリック自身、自由に外せぬようにしてもらっている。

アランも指輪の持ち主としては関心があるのだろうが。

「この指輪を外すつもりなどない。別のものに変えるつもりも」

「え？」

「彼女にはこの指輪に似せたものを与えるつもりだ。なにか問題でも？」

「問題ありすぎでしょ。教会も納得しないだろうに――」

「心を尽くせば、どうとでも」

言い換えると、金で解決すればいいだけの話である。

絶句するオズワルドとアランを横目に、セドリックは出されたティーカップに口をつける。

オズワルドの側仕えが出したお茶だ。丁寧に淹《い》れられたこの茶は、本来ならばさぞうまかろう。

（もしフィオナが飲んでいたら、目をきらきら輝かせていたかもな）

ふと、昨日食事をした時の彼女の表情を思い出した。

けれどもセドリックの心は、この程度で動かない。味などセドリックにはどうでもいい。喉を潤すだけのそれを飲み干し、立ち上がる。

「では、仕事が山積しておりますのでこの辺《あた》りで。殿下、結婚の承認をよろしくお願いします」

「あ、ああ」

呆然《ぼうぜん》とするふたりに向かって淡々と言い放ち、背中を向ける。

「待て、ウォルフォード！」

最後にオズワルドに呼び止められ、振り返る。すると彼は真剣な面持ちで告げた。

「この婚姻がお前の人生を豊かなものにすることを、私は願っているよ」

「――ありがとうございます、殿下」

恭しく一礼して、今度こそ自分の執務室へ戻っていく。

（結婚とは一般的に喜ばしいもの、か。だが――）

その祝福は、ただの押しつけだ。

古くからの友人の言葉であっても、やはりセドリックの心は動かない。

どうせ二年だけの仮初めの結婚だ。周囲がどうこう言ったところで、セドリックにとってはそれ以上でもそれ以下でもないのだ。

＊

ふたりきりで結婚式をすると聞いた時、フィオナは大層驚いた。

でも、すぐに納得もした。どうもセドリックは、立ち居振る舞いこそ優雅なのに考え方が合理的すぎるのだ。

見合いの後、そのままウォルフォード公爵家のタウンハウスに住んでいいと言われたこともそうだ。フィオナが一度家に帰ったところで持ってくる荷物もない。準備など整えられないだけでなく、家族に虐げられる可能性があることを見抜かれていたのだろう。

レリング伯爵家の馬車に手紙を預けてさっくりと追い返した後、向こうからの連絡があったのかどうかすらフィオナにはわからない。

金にものを言わせたのか、他の手段を使ったのか。まるでもとの家族からフィオナを護《まも》るがごとく、すべてを整えてくれた。セドリックとしては面倒事を回避したかっただけのようだが、感謝しかない。

そして、その結婚式も簡単に済ませられるようにと、その一点のみを注視されて執り行われたのである。

具体的には、招待客を呼ぶ手間を省くため。

そして、指輪の交換を正規の方法でできないことを隠すため。

結果的に、誰ひとり参列者を伴わない形で結婚式を押し進めた。

(旦那さまは心を尽くしたって仰ったけど、いったいいくらお支払いしたのかしら)

なにをかと言うと、つまり教会を説得するだけの布施を。

時間と手間、ついでに王妃からの見合い攻撃を避けるためだけに、彼がどれほどのお金を使ったのか考えるだけでぞっとする。

だが、事実として痛くも痒《かゆ》くもなさそうなので、フィオナは口を挟まないことにした。

ちなみに、誓いのキスが額に捧《ささ》げられたことは、少しだけホッとした。

彼とは仮初めの間柄だ。額くらいなら耐えられる自信はある。けれども、さすがに唇にキスされたら、変に意識してしまいそうで嫌だったのだ。

セドリックとはあくまで書面上の付き合いだ。

それに彼自身、『一種の政略結婚だ。私が君に愛嬌《あいきょう》を振りまかなくとも、今さら誰も不思議に思わない』などと言い切っていた。

冷酷という彼の評価が思わぬ形で役に立った。つまりセドリックとは、夫婦仲が悪く思われない程度の表面的な付き合いでいいらしい。

そんなこんなで彼とは非常に合理的に、最速と言っても差し支えないほどのスピードで、婚姻を結んでしまったのだった。

契約魔法を結んでから結婚式までたったの一週間。情緒もへったくれもない、書面上の婚姻が成り立った。『王妃陛下も、文句の言いようがないだろう?』ということで。王妃どころか誰にも文句を言う隙を与えない結婚だった。

とはいえ、フィオナはのんびりしたものだった。周囲の環境はたった数日で目まぐるしく変化したはずだが、当の本人はそれはもう快適な生活を送っている。セドリックがフィオナに期待していないことが大きな要因だろう。

公爵家の嫁になったにもかかわらず、社交も無理をしなくていいし、女主人として夜会等も開かなくていいとまで言ってもらえたのだ。

『どうせ私自身、社交の場には顔を出さぬ方でな。君がなにもせぬことで周囲にとやかく言われるのなら、私の方針だとでも言っておけ』とまで言ってくれた。

つまり、変な絡まれ方をされたら、セドリックのせいにしていいと言われたも同義だ。非常に心強い。とはいえ、出番は少なそうだ。だってフィオナも、交遊を広めるつもりなどさらさらなく、二年間ひっそりのんびりするつもりだからだ。

(たくさんお金はもらえても、将来どうなるかなんてわからないものね。少しでも刺繍を増やして、いざという時に売れるようにしておこう)

大金をもらうことは決まっているものの、あまりに現実味がない。

生活に困らないだけのお金を受け取って、あとは寄付をするか、預かってもらうかを考えている。いずれにせよ、大金を頼りに生活するつもりなどない。

離縁するまで、まだまだ時間はたっぷりとある。趣味と実益を兼ねた時間を過ごそうと心に決める。セドリックも特に口を挟むことはないし、問題ないはずだ。

（っていうか、旦那さまって本当に度量のある人よね）

もっと無関心なのかと思っていたけれど、それも違う。

彼は日頃から周囲のことについて興味を持ち、よく観察をしているようだ。ただ、その上で本人が関わらないようにしているだけで。

公爵家に嫁入りするにあたってフィオナが教養やマナーに自信がないことを見抜くと、すぐに教師を手配してくれた。さらに、刺繍を好むことを知ると、さりげなく道具を買い揃えてくれた。

それだけではない。フィオナの食が細いことに気付くと、自分の食事よりもフィオナの健康に合わせた料理を用意するように命じてくれたし、普段着るものだって、なにかと遠慮しがちなフィオナが恐縮しないようにと落ち着いた衣装を揃えてくれた。

最初こそ使用人たちの細やかな気配りによるものだと思っていたけれど、どうやら彼らの報告を参考にセドリック自ら命じてくれていたらしい。

フィオナの見ていないところで、使用人たちともかなり密接にやり取りしているようだ。

そんなセドリックの遠回しな気配りに、フィオナは感謝しきりだった。

（でも、旦那さまが弟君に次期公爵の座を譲るおつもりでいらっしゃることは、誰も知らないみたいなのよね）

この家の者たちの様子を見ていて、よくわかった。皆、誇らしげによく言うのだ。あの方が公爵家を継がれるから、ウォルフォード公爵家は安泰だ、と。唯一の頭痛の種だった婚姻問題も片付いた今、セドリックに死角はないとまで言い切る始末。

（二年後に離縁するって知ったら、みんなどれほどがっかりするか）

早く知らせてあげたらいいのにとも思うけれど、フィオナから言えるはずがない。

だからもどかしい気持ちになりながらも、フィオナはこの屋敷の女主人として、あれこれ勉強をはじめている。いずれひとりで生きていくつもりなので、どこまで役立つかわからない。

それでも、純粋に勉強は楽しかった。

八年前に両親を亡くして以降、フィオナはまともな教育を受けられず、新しい知識に飢えていた。だから萎《しお》れた花が生気を取り戻すように、フィオナはぐんぐんと新しい知識を身につけていった。

そしてそれは彼女の体も同じだった。

あかぎれだらけの手も少しは見られるものになったし、顔色もよくなった。しっかり食事もとれるようになって、痩せこけていた体にもハリが出た。

貴族女性としてはまだまだ手入れが足りないが、見るからに不健康そうだった見た目は、多少はましになったのだと思う。

「――ほら、見てください奥さま」

フィオナが屋敷にすっかり馴染んだ、ある日のことだった。

フィオナ付きの侍女になったロビンが、鏡の前でフィオナの髪を梳《す》きながらうっとりと目を細める。

「奥さまの髪、本当に美しくなりましたね……！　櫛《くし》もすっと通りますし、艶が出るとまるでキャラメルみたいに甘い色で」

フィオナ自身は地味で野暮ったい髪だと思ってきたけれど、手入れをされて見違えたのは事実だ。緩やかなウェーブが入った髪には華があり、光が当たるとより一層明るくて甘い色彩に見える。

「褒めすぎよ、ロビン」

ただ、手放しで褒められることには慣れていない。気恥ずかしくて両頬に手を当てると、ロビンが真剣な様子で訴えてくる。

「褒めすぎなものですか！　いいですか、奥さま。もっと自信を持ってくださいませ。奥さまは素敵ですし、これからもっともっとお綺麗になりますよ」

ロビンは煉瓦《れんが》色の髪に快活なオレンジ色の瞳が印象的な、フィオナより少し年上の侍女だった。明るくてはきはきとしており、公爵家に雇われた侍女にしては随分と気易《やす》い印象の娘だ。フィオナが過ごしやすいようにと、あえておしゃべりなロビンを公爵領から呼び寄せてくれたのだとか。

彼女はフィオナを見て早々に、それはもうやる気を出して、まずはフィオナの健康を取り戻そうと注力してくれたのである。

「セドリックさまも、奥さまのことを気にかけていらっしゃいますもの！　お美しくなった姿を見たら、きっと驚かれますよ」

「それは難しいと思うけど」

彼には他に大切な人がいるのだ。少し見栄えがよくなったところで関心もなにもないと思う。

「いいえ！　帰宅されるたびに、奥さまのご様子を気にかけていらっしゃると、トーマスからも聞きました！」

「そ、そう……？」

フィオナがお飾りの妻であることくらい、この屋敷の人間は皆気付いているはず。それでもこうして背中を押してくれるのは、平民の恋人という存在に思うところがあるからだろう。

（なんだか、お相手の方に悪いわ）

でもロビンたちは、この結婚を機にその相手との縁も切れると信じているのだろう。

（実際それは難しそうだけどね）

ロビンたちに言えるはずもないが、フィオナには契約がある。期待を寄せられるところ悪いが、彼女たちの願いが叶《かな》うはずもない。

望みが薄いことは、セドリックと初夜をともにしなかったことからもバレていると思うが、これはきっと長期戦だろう。のらりくらりと躱《かわ》していって、諦めてもらうしかない。

（旦那さまもお忙しそうだし、わたしに興味がないことくらい明らかなのにね）

なんて、フィオナはひとり苦笑した。

結婚してからも、いまだ数回しか顔を合わせていないのだ。

街の外への視察や城に泊まり込むこともあるのだが、そもそもの帰宅が遅い。帰ってきてからも、部屋にこもってずっと仕事をしているのだとか。

（そのおかげで、新婚らしいやり取りが回避できているとも言えるけど）

毎日遅くなるので出迎えは必要ないと言い切られてしまえば、フィオナも表立って迎えることすらできない。

こんな状況だ。きっと端から見ていても、とても新婚夫婦には見えないだろう。

それでも周囲は、色々察知した上で「あのセドリックさまがお認めになったのですから！」と、期待を寄せているわけだ。

（でもそれって、旦那さまが愛されているからよね）

ロビンたちの口から、平民の恋人への苦言なども出てこないし。きっと皆、セドリックを信じて優しく見守っているのだろう。

なんとなく、そうしたくなる気持ちもわかる。

（本当に、旦那さまはお優しい方だもの）

ほとんど会うことはないけれど、世間一般で言われているような冷たい人でないことも、フィオナはちゃんと理解していた。

だからこそ、この結婚で色んなことを正しい形にしようとしている皆の思惑も理解できる。ロビンたち使用人は、フィオナとセドリックの仲を取り持とうと躍起になっているわけだ。

（ロビンたちの期待に応えることは難しいけれど、わたしも、旦那さまのことは心配なのよね……）

フィオナが言うのもなんだが、正直、セドリックは働きすぎだと思う。

彼にとっては城も家も関係ないのだろう。寝食忘れてずっと仕事に明け暮れている。その上フィオナのことも気にかけてくれるなんて、色々気を回しすぎだ。

フィオナは彼と隣の部屋を与えられているから、様子を見に行きたいくらいだ。少しは寝てくださいと伝えたい。

（でも、嫌がられるんだろうな）

彼が必要以上の干渉を嫌がる性格であることくらい、見ていればわかる。

だからこその契約魔法だろう。過干渉は望まれていない。

——そうして、彼が帰ってきた時だけは挨拶をする関係のまま、気が付けば一カ月が過ぎていた。

「あら、奥さま。今日はもうお勉強は終わりましたか？」

「ええ、だから刺繍を。——わたしも混じっていいかしら？」

ある日の昼下がり、フィオナは刺繍用の道具を一式持ち出して、屋敷の西棟へやってきていた。

この大きなお屋敷は、主家を挟んで西棟と東棟が一直線に繋がっている。西棟は主に使用人たちが使うキッチンや倉庫などがあり、ランドリーの隣に作業場がある。

そこでは三人のメイドが大きな作業台を囲む形で、縫い物をしていた。

毎日ではないが、彼女たちが作業をしている時には、こうして参加させてもらうこともあるのだ。公爵家の嫁が下働きのメイドたちの作業場に入り込むことや、一緒に作業するのはどうなの、とは思ったが、特に咎《とが》められることはない。

どうもロビンが他の者を説得してくれていたらしい。

曰く、公爵夫人も使用人たちと一緒にお茶をすることもあるそうで。使用人と距離が近いのはウォルフォード公爵家の特徴だとかなんとか。

そんなロビンの口添えにより、最初こそ戸惑われつつも、フィオナの作業参加はすんなりと受け入れられたのだった。

「奥さまは先日の続きですか？」

「ええ、あれから少し進めていて、お花の部分は形になったのよ」

そう言いながら、フィオナは道具を広げた。

まだまだ痛ましい指を出すのは憚られる。だからロビンは、フィオナが心穏やかに過ごせるようにと、ドレスに合った手袋を毎日用意してくれていた。

とはいえ、刺繍をする時だけは外すようにしている。なのでフィオナは可憐《かれん》な手袋を横に置いてから、作業途中のハンカチーフを道具箱から取り出した。

「まあ、素敵！」

今フィオナが縫っているのは、セドリックに贈るためのハンカチーフだった。

いまだに会話は多くないけれど、フィオナは彼に感謝している。だから、なにかできないかと考えたのだ。結局フィオナには刺繍しかなかったけれど。

この程度の贈り物なら迷惑にもならないだろう。ハンカチーフなど、何枚あっても困らないだろうし、夫婦を装うにはおかしくないはず。

そう思って刺繍しているのは、彼の名前と菫の模様を散らしたハンカチーフだった。

ウォルフォード公爵家の紋章からモチーフを拝借したわけだが、菫の花はセドリックの瞳の色と一緒だ。だから彼が持つには相応しかろう。

「菫って小さくて可憐だから、旦那さまが持つには素朴すぎるかなって思うの。――でも、こうやって少し硬質な形にしたら、男性が持っても素敵でしょう？」

「ええ！　奥さま、本当に刺繍がお上手ですのね！」

「ふふ、ありがとう」

こうして直《じか》に褒めてもらえると面映《おもは》ゆい。

くすくすと笑いながら、フィオナは作業の続きを進めることにする。

針に糸を通して、刺繍枠を手に取った。幼い頃から繰り返してきたように、たくさんの祈りを指先に込めて、大切に針を進めていく。

菫の花弁は艶が出るようにサテンステッチで、しっかりと花びらの面が見えるように整えていく。しゅるしゅると踊るように針は進み、白い布に菫色の糸がよく映えた。

（旦那さまが喜んでくださいますように）

誰かのために刺繍をするのは、フィオナにとってあまりに自然で楽しい行為だった。それはフィオナが刺繍をはじめたきっかけでもあったから。

ふと、遠い過去のことを思い出す。それはレリング伯爵家の屋敷が、温かな笑い声で満ちていた頃のことだ。両親に喜んでもらいたい。そう祈るように、願うようにして縫い上げると、両親はいつも手放しで褒めてくれていた。

『フィオナの刺繍を持つと、なんだかとっても優しい気持ちになるんだ』

『本当に。私も心が安らぐのよ？　きっとあなたの気持ちが、溶け込んでいるのね？』

その言葉をもっと聞きたくて、フィオナの優しい気持ちを全部込めて、祈りながら丁寧に刺していくのだ。

その誰かを想《おも》う心は、フィオナが成長してからも変わらなかった。

商人の手によって売りに出されていたものもそう。

誰の手に渡るのかはわからないけれど、フィオナの刺繍を気に入ってくれた人が少しでも癒やされるといい。そうたっぷりと祈りを込めて、ひと針ひと針縫い上げていく。そのひとときが、フィオナ自身もっとも心慰められる時間だった。――エミリーたちに命令されて縫っていたものは、複雑な気持ちが入り交じっていたけれど。

それでも、刺繍という行為を続けられていたからこそ、あの薄暗い離れの物置でもフィオナは折れず挫《くじ》けずやってこられた。

「奥さま、本当にお上手」

「とってもお早いのに、全然乱れもないですし。綺麗……！」

などと、一緒のテーブルに着いた者たちがフィオナの手元を覗き込む。

誰かと一緒に作業することなどなかったから、慣れない言葉がけが気恥ずかしい。遠慮がちにへらりと笑ってみると、彼女たちは口々にフィオナを称賛した。

「先日奥さまにいただいた、小さなポプリ。あれもとても素敵でしたものね」

「メイドたち皆、大喜びなのですよ？」

「まあ、ほんと？　嬉しいわ」

以前プレゼントしたのはちょっとした刺繍入りのポプリだった。

仲良くなった彼女たちが気を遣いすぎない程度に、日頃の感謝を形にしてみたのだ。ポプリなんてつまらないと思われないかドキドキしていたけれど、ちゃんと喜んでもらえたらしい。

「いい香りがしますし、本当に夜もぐっすり眠れて！」

「ねえ。奥さまにポプリをいただいてから、わたしも朝起きるのがつらくなくなりました」

「手放せなくなりそう！」

などと、きゃっきゃと賑《にぎ》やかに笑い合っている。

それを聞いて、自然とフィオナの口元も綻んだ。自分が作った物を喜んでもらえることが、こんなにも幸せなことなのかと実感する。

胸が温かくて穏やかな心地がする。一度は粉々に砕けてしまったはずの心は、この家にやって来てから、ゆっくり、じんわりと癒やされつつあった。

――そうして皆で笑い合いながら作業をしていた時だった。

「大変大変！」

ひとりの下働きのメイドが、ぱたぱたと作業部屋に駆け込んできたのである。いったいどうしたのかと彼女の方に目を向けると、彼女は一枚の枕カバーを作業台の上に広げた。

「セドリックさまの枕カバーの刺繍が！」

瞬間、その場に居合わせたメイド全員が顔色を変えた。

「え？」

事の重大性を理解していないのは、フィオナだけであるようだ。

小首を傾げながら、メイドが持ってきた枕カバーに目を向ける。同時に、目の前に広げられたカバーに、なんとも言えない違和感を覚えた。

（……これ）

彼女は、セドリックの枕カバーと言い切った。つまり、目の前のコレは、次期公爵と言われている彼が使用する枕カバーなのだ。

メイドたちの反応を見ても、彼にとってよほど大切なものであるとは理解できる。だが、フィオナは信じられないと頰を引きつらせた。だって——。

（嘘でしょ……？）

これでもかと言うくらい、使い古してくたくたになっているのだから。

本来は真っ白であったろうに、布はすっかり変色してしまっているし、頭を置く中央部分は布が擦り切れて薄くなっている。もう少し使い込んだら、ほつれて穴が開いてしまいそうだ。

セドリックどころか召使いが使用しても、こうなる前に別の物へ替えるだろう。

公爵家なのだから何枚もストックがあってもおかしくないはず。なのに、まるでこの一枚だけを毎日毎日繰り返し使用しているのではと思われるほどの酷使っぷりだ。

このくたくたの枕カバーを、あの美貌を持つ貴族の中の貴族のようなセドリックが使用していると考えるだけで、脳が大混乱を引き起こす。

到底貴族の持ち物らしくない枕カバーを前に、メイドたちは話し合いをはじめていた。

すっかりほつれてしまっている刺繍を指さしながら、どう補修したものか、これはセドリックが怒るに違いないと大騒ぎだ。

「ねえ、これは？」

さすがに気になって訊ねてみる。どうあってもセドリックの持ち物に間違いないらしいが、こんなぼろぼろの枕カバーを取り替えないのか不思議でならない。思い出の一品で保管しているだけではなさそうだし。

「これは、セドリックさまが普段から非常に大切になさっているものでして、その……」

メイドのひとりが言い淀む。

それからなにかを決意したように、フィオナに訴えかけた。

「セドリックさまは、普段からこちらの枕カバーでないとお休みにならないんです」

「この枕カバーでないと？」

その言葉を純粋に不思議に思った。フィオナの疑問に対して、メイドたちは互いに目配せをし、ぽつりぽつりと説明してくれる。

「十年ほど前、まだセドリックさまが学生でいらっしゃった時からずっと、きちんと眠ることができずに悩んでいらっしゃって」

夜もずっと仕事をしているとは聞いていた。だからフィオナも、セドリックがあまり睡眠を必要としない体質であるとは思っていた。でも、そもそも眠れない体質だったなんて。しかもそれが十年も前からなどと思わず、息を呑む。

（お仕事が忙しすぎるとは思っていたけれど）

もしかして逆だったのだろうか。セドリックが昼も夜もなく仕事に明け暮れているのは、彼が寝つけない体質であることが理由だったと。

非常に合理的な彼のことだ。眠れないとわかっているのに、わざわざベッドに横になる時間を取ろうなんて思わなそうだ。むしろ、『その暇があるなら書類一枚でも片付ける』と言っている姿が目に浮かぶ。

彼は王太子の側近の中でも、辣腕だと有名だ。実務を支える政務の要でもある。相当な仕事量であることは察すれど、そこに睡眠事情が関わっていたとは。

（学生時代からってことは、相当根深い問題よね……）

それがもう十年。よくあれほど働けるなと思うと同時に、胸がギュッと痛くなる。十年間まともに眠れず、今なお、酷使し続けているのだ。

フィオナは両手を握りしめた。彼が働きすぎだとは思っていたのに、そこで思考が止まってしまっていた。

二年間の仮初めではあるが、今、この家を取り仕切るのはフィオナの役割だ。それなのに、主人の体調すらわかっていなかっただなんて。もっと、彼のことをちゃんと見るべきだった。

まるで陶器のような白い肌だと思っていたけれど、あれは単に顔色が悪いからなのではないだろうか。それに気付いた瞬間、ずしりと胸の奥が重たくなる。

「……この枕カバーだったら、お休みになるの？」

そう問いかけると、メイドたちは顔を見合わせて困ったように目を伏せた。

「はい。どうやら、そのようなのですが……」

彼は完璧な人だからと、たいした疑問を抱かなかった自分が恥ずかしい。彼だってひとりの人間なのに。

(こんな枕カバーに頼らなければいけないだなんて)

平気なはずがない。

彼自身、眠れない状況をどうにかしたいという思いがあるからこその執着ではないか。

相当深刻な悩みであるはずなのに、フィオナはちっとも気が付けなかった。それが悔しい。

「この枕カバーはどこで？」

「侍女長がなにげなく見つけてきた一品でして。街に売りに出されていて、惹《ひ》きつけられるようなものがあったからと」

「そう……」

「普段ならば懇意にしている商会を通して揃えるのですが、侍女長の直感で、この枕カバーでセドリックさまの寝室を整えたのです。そうしたら次の日、セドリックさまも驚かれたように使用人たちに報告なさって」

「よく眠れたのね？」

「ええ。でも――」

そのメイドは思い詰めたように眉根を寄せ、静かに息を吐く。

「何年も何年も。夜に間に合うようにお洗濯をして、繰り返しそちらを使用するうちに――どうも、効果が弱くなってきたらしく」

「また眠れなくなった？」

「はい。でも、他のものよりは断然安らげるからと、セドリックさまはそちらのカバーに執着なさっていて」

フィオナはそっと目を伏せた。

（眠りたいと思っているのに眠れない。それって、拷問よね……）

それを何年も何年も続けていたのだ。セドリックの抱える苦痛は計り知れない。

彼がああも簡潔な物言いで、人に対して冷たくなっているのは、彼自身が常に疲れているからなのかもしれない。

合理的なのもそうだ。常に心身に余裕がないからこそ、無駄を嫌うのだとしたら？

（旦那さまには、ゆっくり休んでもらいたい）

フィオナがもらった以上の安らぎを感じてもらえたら。そう思ってフィオナは、運ばれてきたボロボロの枕カバーを手に取った。ほつれた刺繍をなぞっていくうちに、はたと固まる。

（……ん？　このステッチの癖……）

いや、既視感があるとは思っていたのだけれど。

（というか、この枕カバーって）

見覚えがあった。

八年前、フィオナの家が乗っ取られて間もなくのことだ。絶望に打ちひしがれていたフィオナを心配し、街の人たちがなんとか協力できないかと考えてくれた。

そして商人のひとりが、こっそり声をかけてくれた。

手触りのいい高級な生地があるからと。あなたの腕なら、刺繍を売って収入を得ることが可能だからと勧められ、初めて商品にするために刺繍をした一品ではないだろうか。

上品さもあり、穏やかに眠れるよう、あえて生地に馴染む白い糸で刺繍をした。素材感の違いから傾けると刺繍部分が艶めいて見える上質な一品だ。

ただ、素材の価格のせいで平民には手を出しにくいものになってしまったと、逆に不安に思っていたけれど――。

（まさか、廻り廻って公爵家に買われていただなんて……！）

ほつれているし、使い古されて糸に艶がなくなっていたため、すぐに気が付かなかった。けれど、この意匠は間違いなくフィオナが刺繍したものだ。

（こんなに傷むまで、使い続けてくださったのね）

毎日使用して洗濯してを繰り返しているのだろう。これでは生地も硬くなってしまって、寝心地も悪かろうに。

（当時と同じ刺繍糸を使ってもだめね。そこだけ浮いちゃいそう）

ほつれた部分に目を向ける。

もとの糸が傷んでいるせいで、修復する際は馴染ませる工夫が必要だろう。

そもそも、セドリックはこの枕カバーに並々ならぬ執着があるはずだ。補修すること自体、不興を買いそうで恐ろしい。

（普通だったら、ここまで傷む前に買い替えちゃうものね）

しかし、それができないからこそ、皆が頭を悩ませているのだろう。

どうすれば？と焦るメイドたちを横目に、フィオナはジーッとその枕カバーを見つめ続けた。彼の事情を思うと、ジッとしていられない。

ふと、両親の言葉を思い出した。

『フィオナの刺繍を持つと、なんだかとっても優しい気持ちになるんだ』

そう言って、フィオナの刺繍したものを手にするたびに褒めてくれていた。

フィオナに刺繍上手な自覚はあったし、その意匠にも常にフィオナなりの工夫をしていた。

でも、両親が一番褒めてくれるのは、フィオナの意匠ではなくてその心だった。

刺繍に込めるフィオナの祈り。まるでそれが届いているかのように、フィオナの刺繍に安らぎを見出してくれていたのだ。

両親だけではない。これまでフィオナの刺繍に癒やしを見出す人は何人もいた。目の前のメイドたちもそうだ。彼女たちはフィオナの作ったポプリを持って、似たような言葉をくれた。

でもそれは、あくまでたとえのようなものだと思っていた。穏やかで優しい意匠を好むフィオナの刺繍が見る者を癒やすのだと。――なんて、自画自賛もいいところで、今だって気持ちの問題だと思っている。

（これは何年も前の、わたしの刺繍）

セドリックもこの刺繍を気に入ってくれたのだろうか。だから、こうもくたびれるまで使い続けてくれたのか。

（どう修繕したら――）

このぼろぼろの枕カバーに馴染むのか。白い糸の紡ぐ意匠を真剣な表情でなぞっていく。すでにフィオナの頭は、枕カバーを直す手順でいっぱいだった。

手元の道具の他に、この部屋に置いてある糸の種類を思い出し、算段をつける。そうして、

「あの！」

と、皆に声をかけた。

「これ、よろしければわたしに直させてください。修繕したのがわたしだったら、旦那さまも咎めにくいでしょう？」

なんてちょっと小狡《こずる》い言い方をしながら、へらりと笑う。

「奥さまの腕は確かですわ。でも、それは私たちの仕事で――」

大事な刺繍部分に手を入れたら、セドリックがなんと言うのかわからない。だからこそ皆、あんなに大慌てだったのだ。躊躇するメイドたちに向かって、にっこりと笑う。

「大丈夫。わたしに任せて？」

それが一番丸く収まるというのもそう。なによりも、セドリックの役に立てるのが嬉しい。

そんなフィオナの気持ちを汲《く》んでくれたのだろう。

「――では、お願いしてもよろしいでしょうか」

その場にいた一番年長のメイドにお願いされたところで、フィオナは大きく頷いた。


フィオナの刺繍は見事のひと言だった。

セドリックが帰宅するまでの短い時間で、できるだけ彼の好みに合うようにと、もとの意匠

に限りなく近くなるように修繕した。あえて糸を変えることで、酷使されてくたびれた今の状態に馴染むよう工夫したし、ぱっと見た感じ修繕したことは気付かないほどの出来栄えだ。

（あれを気に入ってくださるのは嬉しいけれど、後日、新しい枕カバーをプレゼントしようかしら？）

自分の刺繍に特別なご利益などないことは百も承知だ。

でも、気持ちの問題であるならば、提案くらいは許される気がした。

枕カバーを変えることで、新鮮な気持ちできちんと眠れたりするかもしれないし。――なんて、都合のいい考えではある。けれど、あの古びた枕カバーはとっくに寿命だ。彼にはかわいそうなことかもしれないが、代わりのものを早めに探した方がいい。

手元のハンカチーフを仕上げた後の予定を考えつつ、フィオナは少しドキドキしながらその夜を過ごした。

セドリックが帰宅したのはすっかり日も落ちた深夜帯で、フィオナも普段なら眠っている時間だった。彼はいつもと同じように部屋に戻り、その後の様子はわからない。

少なくとも、修繕に気付いて激怒する――なんてことはなかったようだった。

そうして翌朝。

セドリックはどこかぼんやりした様子で、フィオナとの朝食に同席したのだった。

まさかセドリックと朝食を一緒にとることがあるだなんてと、フィオナは素直に驚いた。

彼と食事を一緒にしたのは、契約魔法を結んだ日と結婚式当日くらいだ。眉ひとつ動かさず淡々と食する彼との食事は、正直少し気まずかった。

公爵家での食事はびっくりするほど美味《おい》しくて、ひと口食べるたびに感動するほどなのに、セドリックはいちいち反応をしない。淡々と嚥下《えんげ》し、無感動のままに食事を終えていたのだが——。

「旦那さま？」

この日、セドリックはカトラリーを手にしたまま、ただただぼんやりとしていた。

今までは出されたものを黙々と口にしている光景ばかり目にしていたから、どこか呆《ほう》けた様子のセドリックを前に困惑する。いつもキリリとしている目は半開きで、なにがあるわけでもないテーブルの木目を見つめたまま、固まっている。

「あの、旦那さま！」

「っ⁉」

少し強めに呼んでみて、彼はハッとした。ようやく頭が働きはじめたのか、彼自身困惑したように何度か瞬いて、カトラリーを横に置く。

「——失礼した。少し寝すぎたみたいで、まだ夢の中かと」

そう呟く彼の頬には赤みが差している。戸惑うような、それでいて少し肩の力の抜けたような表情で、こちらに目を向ける。いつもは問いただすかのような強さを含んだ菫色の瞳が、この時はわずかに揺らいでいた。

「その。私の枕カバーを君が修繕してくれたと聞いた」

「あ……」

どうやら気付かれていたらしい。

「今朝、不思議に思ってよく見てみたら、糸が変わっている気がしてな。ロビンに訊ねたのだ」

ロビンたちには、もしセドリックに問いただされたら正直に答えるようにとは伝えていた。

それでも本当に修繕に気が付くとは思わなかった。

「勝手なことをして申し訳ありません。少し傷んでいたようで、わたしが直しました。もとの形に近くなるよう工夫をしたのですが――気を悪くされましたか？」

「いや」

彼は即答した。

それからどう答えたものかと悩むように口元を手で覆い、視線を横に向ける。

「ただ……君は、なにをしたんだ？」

「え？」

「いや。その、自分でも驚くほど寝つきがよく、だな。こんなに眠ったことなど久しぶりで――少し困惑している」

「よくお休みになられたのでしたら、よかったです！」

ぽんと手を合わせ、フィオナは満面の笑みを浮かべた。

血色がいいと感じていたのは、気のせいではなかったらしい。よく眠れたといっても、かなり短い睡眠時間だとは思う。それでも、彼の睡眠が改善されたならなによりだ。

セドリックがなにか言いたげに目を向けてくる。

フィオナはふふふと笑いながら、大きく頷いた。

「わたしは補修のお手伝いをしただけです。それでも、旦那さまのお役に立てたのなら本当に嬉しいです」

「そうか」

そう短く言葉を切り、再びカトラリーを手にする。それから彼は、いつものように黙々と食事を平らげた。


いったいどんな心境の変化があったのか。その日からセドリックは必ず帰宅するようになり、目覚めてから一緒に朝食をとるのが習慣になった。

とはいえ、枕カバーを修繕する程度では、根本的な解決にはならない。睡眠にもばらつきがあるようだった。

それでも、たまにしっかり睡眠が取れた日などは、表情が緩む様子も見られるようになった。

そういう日は朝食を終えるまでずっとぼんやりしたままで、普段の凛とした彼からは想像もつかない様子である。

気の抜けたような彼の横顔が、少し愛嬌があるように感じるのは、フィオナの秘密だ。

（ちょっと刺繍を直しただけなのに随分と喜んでもらえたわね）

正直なところ、それがとても嬉しい。

フィオナは刺繍がいっとう好きで、それが誰かの役に立てたことを実感するのは、大声で叫びたいくらいの喜びだった。しかも相手が恩人とも言えるセドリックなのだ。

これはチャンスかもしれないと、急ぎで彼の枕カバーを新調することにした。

フィオナのことを気遣ってくれて、日夜、国のために働いているセドリックが、あんな使い古した寝具で眠っていていいはずがない。肌触りのいいシーツに包まれてたっぷりと眠って、美味しいものを食べて、健やかに過ごしてほしい。

せっかくなので、刺繍だけでなく縫製からすべてフィオナが仕上げることにした。

彼が大切にしている枕カバーにできるだけ近い作りで、白い生地に白い刺繍を重ねた上品なものにしよう。意匠はウォルフォード公爵家の紋章を意識して、オオカミ——はさすがに寝具には合わないので、菫の花とその葉を中心に構成してみた。

そうして枕カバーだけでなく、シーツにもちょっとした刺繍を施し、彼が穏やかに眠れますようにとたっぷりと祈りを込めて仕上げたのだった。

半月ほど集中して取り組んだわけだが、フィオナの祈りが届いたのだろうか。セドリックのシーツを一式新しいものに替えた翌日から、彼の顔色が目に見えてよくなったのである。

愛用していた枕カバーを取り替えることに、セドリックが不安がっていたことは知っている。しかし、半信半疑で眠りについた彼は、翌朝、今まで見たことがないほどに呆けた顔をしていた。

「新しいシーツは、すべて君が縫ってくれたのだったな」

朝食に現れた彼は、実感がこもったように呟いた。

寝具をプレゼントするというのは、男女の間ではかなり特別な意味も含んでしまう。フィオナは単純に彼のシーツを一新したかっただけなのだが、踏み込みすぎただろうか。

曖昧な笑みを浮かべるも、それを肯定と受け取ったのだろう。

彼の菫色の瞳がふるりと揺れて、口元を押さえながら視線を背ける。この表情を、このところよく見るようになった気がする。

「よい機会かなと思ったのですが、出すぎた真似をしてしまったでしょうか？」

「いや。とても――とても、助かった。君の心遣いに感謝する」

「そうですか。お役に立ててよかったです。ちゃんと眠れましたか？」

「……ああ」

彼は短く言葉を切った。とても。と、掠れた声で続けている。

聞かずとも、顔色を見ればよく眠れたことくらいわかった。けれど彼の口から直接聞けて、フィオナの心がふんわりと温かくなる。気が付けば、自然と笑みがこぼれていた。

やはり気分を変えることは大事だったのだと思う。今回たまたま、タイミングがよかったのだろう。フィオナが手を貸したのがいいきっかけになった。

でも、まだ安心していいはずがない。再び眠れなくなることも十分考えられる。

環境の変化は慎重にしていかなければ。こうして朝食をともにできるのなら、彼の顔色を見ながら少しずつ環境を整えていくのがよいだろう。

それは本来女主人の仕事だ。だから、彼が過ごしやすいように少しでもお手伝いしよう。

たった二年の仮初めの婚姻だけれど、少しは彼の役に立てた気がする。そのことはフィオナが思っていた以上に喜ばしく、心に沁みた。

(二年なんて、あっという間ね)

結婚してからすでに一カ月半——いや、まもなく二カ月が経とうとしている。

いつかやってくる別れを想い、すでに寂しい気持ちが膨らんでしまった。

使用人はみな心根が温かくて、フィオナに対しても非常に優しい。セドリックだって、フィオナのことを邪険になどしないし、最近は雰囲気も柔らかくなった。

いまだに彼のご家族に挨拶すらできていないことは引っかかっているものの、どうせ二年後には離縁する身だ。あえて会わせないようにしているのだと思う。

――そう、二年だけ。

未来のことを思うと、気持ちが沈む心地がした。

レリング伯爵家にいた頃は、こんな感情知らなかった。むしろ早くお金を貯めて出ていくのだと、未来に期待すら抱いていたというのに。

(だめね。これはあくまで契約なのに)

この家が居心地よすぎて、困ってしまう。だから、今からちゃんと心に刻んでおこう。

二年。正確には、一年と十月後には出ていく。

彼の存在は、彼の大切な人のもとに返さなければ。

だからお別れの心づもりをしておかないといけない。

(この家に、気持ちを置きすぎないようにしなくっちゃ)

でも、それはあまりに難しすぎることのように感じた。

だって、フィオナはすでにこの家のことが大好きになってしまっているのだから。

第三章　甘い安らぎは突然に

屋敷の方がしっかり休めるからと、セドリックが毎日帰宅するようになった――のは、ほんの数週間だけ。

以前はあれほど毎日帰ってきていたのに、春が近付くたびにまた足が遠のいてしまった。

というのも、まもなく開会する議会の準備が佳境に入ったらしく、本格的に昼も夜もない日々が続いているようだった。

連日の泊まり込みで、フィオナは彼のことが心配でたまらなくなった。

もともと睡眠をあまり取らない人であることは知っている。でも、最近ようやく顔色がよくなったというのに、これでは逆戻りだ。

差し出がましいことだとわかっているが、放っておけない。

だからフィオナは彼の着替えと差し入れを手にして、初めて城へと向かったのであった。

（きっ……緊張するっ……！）

フィオナは今、城を目の前にして圧倒されていた。

レリング伯爵家にいた頃はもちろんのこと、ウォルフォード公爵家に嫁いでからも、極力家から出ないようにしていた。だから初めてのまともな外出先が王城になるなんて、想像だにしなかった。自分で決めたことではあるが、どうしても足が竦む。

リンディスタ王国、王都の北に位置するアシュグレイテス城。漆喰《しっくい》の壁が美しく、華やかで荘厳な城だ。ウォルフォード公爵家のタウンハウスからも見えるほどに高い尖塔《せんとう》があるその建物は、まさに王城といった風情で非常に広い。敷地内にはいくつもの建物が併設しているらしく、王家のための住処《すみか》だけではなく、まさにこの国の中枢を担う政治の要でもあった。

セドリックの執務室があるのは、リザドリー館と呼ばれる西側の建物だった。長い廊下の続くその建物には、王太子管轄の部署と要人の執務室があるらしい。

案内に従って歩く中で、きょろきょろしないように気持ちを引きしめる。

（わたし、場違いな気がする）

でも、胸を張っていようと自分に言い聞かせる。

今日という日のために、ロビンがそれはもう気合いを入れて準備をしてくれたのだ。

地味だったはずの髪は、艶が出て優美に見えるようになった。もともとの癖を活かしてふんわりと結ってもらい、優しい彼女の風貌をとても穏やかに彩っている。

淡いグリーンのドレスに白のショールを重ねると、華やかでありながらも上品さが際立ち、彼女を公爵家の人間らしく見せた。

今のフィオナには、エミリーの服を借りた時に滲み出ていた着られている感はどこにもない。

もともと素朴であった彼女を優しく引き立てる衣装は、まるで春の陽《ひ》だまりを思わせる優しさがあった。

すれ違う人々が振り返ることにも気付かず、フィオナは手にしたバスケットをギュッと掴む。

（思っていたのと、全然違う……）

緊張でどうにかなりそうだ。

絢爛《けんらん》な建物とは対照的に、中で働く人々は歩き方こそ優雅であっても、なんとも言えぬせわしなさが滲み出ている。これがこの国の行政を司る政治中枢の空気感らしい。

セドリックがなかなか帰宅できないわけである。想像を絶するほどに忙しそうだ。

（差し入れを渡して、すぐに帰らなきゃ。旦那さまの邪魔をしないように……！）

使命感に充《み》ち満ちて、フィオナは背筋を伸ばす。そして案内されるままに、セドリックの執務室へとたどり着いた。

セドリックの執務室は思っていた以上に広く、彼の部下らしい人間が何人も仕事を進めているようだった。

書棚がずらりと並び、それらを確認する者や、机に向かってひたすらなにかを書き綴っている者、資料を広げながら議論をする者など、それぞれが目の前の仕事に専念している。

その雰囲気に気圧《けお》されつつも、フィオナは部屋を見回した。ただ、正面に見える大きな机の主は不在のようで、つい落胆してしまう。

「申し訳ありません、奥さま。せっかくお越しいただきましたのに。ウォルフォードさまはただいま会議で不在でして。――まもなく戻っていらっしゃるとは思うのですが」

と、若い文官が申し訳なさそうに教えてくれる。

もともと着替えと差し入れを渡しに来ただけなのだ。会えないのならば仕方がない。

「そうですか。では、これを夫に渡していただけますか？　ウォルフォードの着替えと――こちらは差し入れの焼き菓子です。皆さんでどうぞ」

「ありがとうございます！　皆、喜びます！」

そう明るい声を出す文官の目元にはうっすら隈《くま》ができている。髪にも艶がなく、疲労の色が滲み出ていた。どうやら根を詰めているのはセドリック本人だけではないらしい。

こうしてフィオナの対応に時間を取らせてしまうのは申し訳ない。話を聞きたい気持ちも、セドリックを待ちたい気持ちもあるけれど、ここは早々に退散しよう。

そう思い、くるりと振り返ろうとしたところで「フィオナ！」と呼びかけられた。

大きな声だった。その声は廊下によく響き、周囲の者たちをぎょっとさせている。もちろん、この執務室にいた者たちも驚いたように顔を上げた。

「どうしてこんなところに！」

足早に駆け寄ってくる男の姿を見るなり、フィオナは自然と頬を綻ばせた。

「旦那さま」

捜していた人の顔を見られたのが嬉しくて、柔らかい笑顔を向ける。

彼は戸惑うように口元に手を当てた。躊躇するように歩調を緩めたものの、すぐに大股になり、こちらに近付いてくる。

（旦那さま、本物だ……）

数日ぶりに見る彼の姿は、仕事に明け暮れていたといってもやはり美しい。夜空を溶かしたような色彩の黒髪に憂いを含んだような瞳が、彼の色気を引き立てている。

（さすが旦那さま。どうあっても美しい……）

疲労が色気に変換されるのは、どんな魔法によるものなのだろう。やつれた姿すら魅力的で困ってしまう。

「お仕事お疲れさまです」

顔が見られてホッとした。それだけで十分だ。

挨拶だけ済ませて早く帰ろうと、フィオナは彼に向き直る。

「着替えと差し入れをお持ちしました」

「そのために、わざわざ君が？」

「あまりお休みでいらっしゃらないとうかがいましたので、心配で。お顔も拝見できましたし、お邪魔にならないように早めに帰りますね」

「あ、いや！　待て！」

もと来た廊下を戻ろうとしたところで、手首を掴まれる。驚いて振り返ると、彼も自分自身の行動に驚いたようで、ぱっと手を離した。両手を胸の前に掲げて、一歩だけ後ろに下がる。

「失礼した。その、会議は今終わった。少し休憩を挟もうかと思っていたところでな」

もごもごと言い淀む彼の頬が、赤い気がする。

顔色がいいことに少し安心して、フィオナはふっと目を細めた。

「そうなのですね。もしかして、本日はご帰宅の予定がありましたか？　差し出がましいことをして申し訳ありません」

「!?　いや、そうではなく！」

フィオナの言葉にセドリックが慌てて否定したところで、はっはっは、と、廊下の向こうから笑い声が聞こえてきた。しかもその声はふたり分だ。

声のした方を振り返ると、腹を抱えながら笑う男性がふたり、こちらに向かって歩いてくる。その後ろにはぞろぞろと文官やら護衛騎士やらがいることから、とても身分の高い方のようだ。

「まさかウォルフォードのそんな顔が見られるとはな。母上もなかなかいい女性を見つけたではないか」

相手の放った言葉に、フィオナは「ん？」と引っかかりを覚えた。

最初に声をかけてきたのは、華やかな金髪に碧い瞳をした男性だった。

セドリックと同い年か少し年上かと思われるその男性は、金の装飾が入った青いコートを纏っている。セドリックとは対照的な華のある風貌で、その柔らかな物腰や先ほどの母上という単語から、嫌な予感がむくむくと膨らんでくる。

まさかと思い、セドリックに視線を送った。

フィオナの訴えを理解したのか、セドリックも沈痛な面持ちでこくりと頷く。

「フィオナ。こちらは私がお仕えしているこの国の王太子オズワルド・アシュヴィントン・リンディスタ殿下だ」

「やあ、初めまして。セドリックに話は聞いているとも」

まさかこんな雲の上の方と遭遇するとは思わず、フィオナは目を見張ったまま硬直する。

フィオナの緊張が伝わったのか、彼は悠然とした様子で大きく頷いてみせた。

「それから、その後ろに控えているのが――君も世話になっただろう？　七芒アラン・ノルブライト殿だ」

「はぁーい、ご紹介にあずかりました。アランだよ。よろしく」

と、今度は明るく手を振った男性に目を向ける。

オズワルドやセドリックとはまた異なる、朗らかな雰囲気。長い朱色の髪を後ろでひとつにまとめた糸目の青年だ。魔法省の紋章がついたマントの下には、ローブのようなものを着込んでいる。どうやら魔法使いの制服のようだ。

七芒アラン・ノルブライト。つまり彼が、フィオナたちの契約魔法を請け負ってくれた人らしい。

（数少ない事情を知っている人ってことね）

ついまじまじと見てしまうと、目が合った。瞬間、へらっと笑う彼の雰囲気に呑まれ、戸惑う。魔法使いというと、もっとおどろおどろしいイメージがあったけれど、衣装さえ変えればどこにでもいそうなお兄ちゃんだ。

想像とはまったく異なる相手に怖じけづくも、ぼーっとしていられない。フィオナは恭しく挨拶をする。

「お初にお目にかかります。ウォルフォード公爵家セドリック・ウォルフォードが妻、フィオナ・ウォルフォードと申します。どうぞお見知りおきを」

そういえばウォルフォード姓を名乗るのも初めてだ。

初めての相手が王太子と七芒になるとは露とも思わず、心臓が煩《うるさ》いくらいに暴れている。

このドキドキを悟られぬよう必死で平静を装いながら挨拶すると、オズワルドが楽しげにフィオナに目を向けた。

「ああも頑《かたく》なだったセドリックが慌てて結婚するくらいだ。どんな女性が相手かと思っていたけど――なるほど」

彼の見定めるような目に、フィオナはピシリと固まった。公爵家の嫁として毅然《きぜん》とした態度を取らなければいけないのはわかっているが、あまりに心臓に悪すぎる。

「殿下。人の妻をそんな目で見ないでいただきたい」

ぴしゃりとセドリックが止めに入るなり、他のふたりは目を丸くした。それからひと呼吸置いて、腹を抱えて笑い出す。

「悪かった、ウォルフォード！　そうか、お前、興味のないふりをしていたくせに」

「あっはっは！　セドさん、どういう風の吹き回し⁉　いつの間に本気になったのさ⁉」

廊下に大きく響きわたる笑い声に、何事かと覗き見る者たちまで現れる。

そして、皆、フィオナがセドリックの妻であることを察したらしい。

『あれが噂の？』『ウォルフォード殿がぞっこんだという？』——などというとんでもない会話が聞こえはじめた。噂というのは予想だにしない広がり方をするものらしく、参列者を呼ばないための超速婚が、セドリックの執着の表れと受け取られているようだ。

（どういうこと⁉　指輪の噂、どこに行ったのよ⁉）

誰も真実を知らないのだろうか。

そもそも彼には大切な恋人がいるはずなのに。

（って、そうよね。表向きにはわたしが妻になったんだもの。そんな噂を口にできないよね）

むしろフィオナの存在のせいで、すっかり噂が書き換わってしまった可能性すらある。

チクリと胸の奥が痛んだ気がした。

（なに？　この感覚は……）

まるでセドリックがフィオナに気があるような言葉を聞いて、まんざらでもない自分がいる。

後から、セドリックのお相手に対する申し訳なさがこみ上げてきて、どうも落ち着かない。

反応に困ってセドリックの方に目を向けると、彼もばつが悪そうに口を閉ざしている。ギュギュギュッと眉根を寄せた彼は、見たこともないほどに眉間に皺を作っていた。

そして、いつになく早口で告げる。

「殿下、お忙しいところをすっかり足止めして申し訳ありません。もう彼女も帰るそうなので――」

ほとほと困り果てている様子である。

アランが糸目をさらに細めて、ニマニマとセドリックのことを見つめている。その様子から、この後セドリックが大いにからかわれる未来が容易に想像できてしまった。

(旦那さま、ごめんなさい！)

アランならば仮初めの夫婦であることは知っているだろうに――いや、だからこそおもちゃにされるかもしれない。

フィオナが顔を出さなければ起こらなかった面倒を盛大に引き起こしてしまい、頭を抱えたくなった。彼の役に立ちたくて来たはずなのに、逆に迷惑をかけてしまうだなんて。

(この後もお忙しいはずだもの。早く立ち去ろう)

落ち込んだ顔を見せないように、フィオナはにっこりと微笑んでみせた。

「ええ、もう失礼しますわ。旦那さま、お作りした差し入れはお部屋の皆さまに渡しましたので、後でお召し上がりくださいね」

「作った？　もしかして、君が？」

「あ。……ええと、はい」

すっかりお見通しの彼に、ハッとする。

（しまった。作らせた、って言うべきだったかしら？）

まさか会話のちょっとした言い回しを拾われるとは思わなかった。

上級貴族の奥方が料理をするのは、あまり褒められるものではない。公衆の面前で、よくない言葉を使ってしまった気がするが、セドリックは悪く思わなかったようだ。

口元を押さえたまま「そうか」と、ぼそりと呟いている。

彼の眦がほんのりと赤くなっていることに気が付いたのはフィオナだけではないらしく、オズワルドとアランが必死で笑いをこらえているのが見えた。

「あの！　料理長がしっかりと見ていてくれていましたし、味見もしました！　変なものは入っていないと誓います」

「いや。その心配はしていないのだが――その」

ごにょごにょと彼が口にした言葉は、フィオナには聞き取れなかった。

「差し入れなど、ウォルフォードが口にすることはなかったはずだが。随分嬉しそうだな、ウォルフォード」

そうオズワルドに補足してもらってようやく、フィオナも思い至った。

（そっか。差し入れ自体がご迷惑だったのね……）

食べることにあまり関心がないのは、わかっていたはずなのに。

やってしまった。多忙な様子だったので甘いものでもと考えたわけだが、これではただの気持ちの押しつけ。ありがた迷惑だったのかもしれない。

「殿下！　フィオナ、気にしないでいい。後でちゃんといただくから」

それなのにフィオナを気遣うように声をかけてくれるなんて、セドリックはなんと優しいのだろうか。

（逆に気を遣わせっぱなし。だめだなあ、わたし）

自分の気が利かなさを思い知らされて落胆する。でも、それを気取られないように頑張って笑みを浮かべた。

「たくさんありますから、皆さまでどうぞ」

セドリックは無理に食べなくていい。そう言いたかったわけだが、セドリックは焦ったように声をあげた。

「皆で――いや、それは」

「あ、そうですよね。わたしが作った物を口にして、皆さまがお腹《なか》を壊したら大事《おおごと》ですよね！　すみません！　持って帰ります！」

「そうじゃなくて！」

慌てて差し入れのバスケットを持ち帰ろうと彼の執務室に戻ろうとしたところで、セドリックに後ろから抱きとめられる。

「！」

突然の抱擁に、フィオナは呼吸を忘れた。顔を真っ赤にして、あわあわと震える。振り返ると、同じように頬を染めたセドリックと目が合った。

「っ、すまない！」

しゅばばとセドリックが離れるも、フィオナの心臓は暴れっぱなしだ。

すると、後ろからますます大きな笑い声が聞こえてきて、余計に混乱するばかり。

「あっはっは！　いいね、君たちお似合いだよ」

「本当に。ああ、ウォルフォード。打ち合わせの続きは後でいいから、お前は奥方を馬車まで送って差し上げなさい」

それは魅力的な提案だった。思いっ切り冷やかされていることは重々承知だけれど、セドリックと少しでも一緒にいる時間ができる。

（でも、お忙しいのよね――）

フィオナから遠慮するべきなのはわかっている。でも、なかなか踏み切れなくておろおろしていると、セドリックがギュッとフィオナの手を取った。

「殿下のお許しも出た。城の外まで送ろう」

彼はそう早口で言い切る。

「旦那さま、でも――」

「ほら、行くぞ」

セドリックはオズワルドに一礼して、フィオナを連れて廊下を歩き出した。

「セドさんのいないうちに、差し入れいただいちゃおう！」

だが、いたずらめいたアランの声が聞こえてきて、セドリックはすぐに足を止めた。こほん、とわざとらしく咳払いをして皆を睨みつける。瞬間、ピリッとした空気が漂った。

「フィオナの気持ちだ。好きに食していいが、私の分も必ず残しておけ。――あと、アラン。

お前だけは絶対に食べるな。あっという間になくなる」

彼の口から飛び出したその言葉に、オズワルドたちは一切の遠慮もなく爆笑したのだった。

名指しされた約一名だけは「なんでさー!?」と嘆いていたけれど。


セドリックの執務室から離れると、ようやく周囲が静かになった。相変わらず色んなところから視線は感じるものの、フィオナもかなり気持ちが落ち着いてきた。

「お騒がせして、申し訳ありません」

謝りたいことは山ほどある。出すぎた真似をしたのだろう。そのせいで、セドリックの周辺を騒がせてしまった。役に立つどころか迷惑ばかりかけている気がする。

だが、セドリックは言葉だけでなく、声まで優しかった。

「いや。私を気遣ってくれたのだろう?」

「それは、そうなのですが。――わたしったら、まだまだですね」

フィオナの言葉に、セドリックが何事かといった様子で続きを待つ。

「公爵家の嫁としての受け答えが、全然」

「ああ、そういうことか。気にするな」

セドリックは安心したように目を細める。

「君はよくやってくれている」

仮初めの妻としては、ということなのだろう。もともとがそんなに期待されていないからこその評価だ。彼が及第点をくれても、フィオナが安心していいわけではない。

「それに報告は受けていたんだ」

「なにをですか?」

「君がたまに厨房に出入りをしていると」

「あ……っ」

まさかの筒抜けであった。いや、少し考えれば当然のことだとわかる。トーマスか誰かがフィオナのことを細かく報告しているのだろう。

針子仕事に参加していることもとっくにバレているのだ。ここはもう腹を括るしかない。

非常に気まずく思いながら、どう申し開きをしようかと考える。しかし、セドリックは咎めるつもりはないらしい。

「え？」

「だから、その——君の料理を、使用人たちばかりが食しているのは、少し」

「いや。私は食には関心が薄い方だという自覚はあるのだが、それでも」

「ええと？」

繋いだ手が、わずかに震えた気がした。

彼は余っている方の手でまた口元を押さえて、視線を横に振る。

「つまり、ご迷惑ではなかったと？」

「っ、そうだな。——むしろ興味があったというか」

尻すぼみに小さくなっていく彼の声に、フィオナは面食らう。

食に興味がないことははっきりしている。そうでありながらも、フィオナのような素人の料理に興味があると言ってくれるなんて。

彼の気持ちが嬉しくて、否定してはいけないように感じた。

「ありがとうございます。では、後で召し上がってくださいませ」

「ああ、そうする」

「料理長が味の保証をしてくださったから、大丈夫だと思います」

「わかっている。――楽しみにしておこう」

ふと、彼の前髪が流れた。

菫色の目が細められ、彼が笑った気がした。

横顔がちらっと見えただけで、すぐに自ら逸らしてしまったけれど、すごく優しい顔をしていた気がする。

「えっと……はい」

フィオナもなんだか気恥ずかしくて、彼の方に視線を向けられなくなってしまう。

城の外までもう間もなくだ。馬車は停《と》めたままになっているから、すぐに彼とはお別れだ。

――寂しい、という気持ちが素直に胸の奥に落ちてきた。

繋いだ手が少し熱い。あかぎれは治ってきたけれど、まだ貴族の手としては晒すのが憚られるため、手袋はしたまま。

だから手に汗をかいているのが伝わらなくてよかった。

この心臓の鼓動が聞こえなくてよかった。

（馬鹿ね、わたし）

ふと、胸の奥に芽生えた感情の正体に気付きかけて、すぐに目を背ける。

こんなもの、育てても仕方のないものだ。むしろセドリックにとって迷惑なだけのはず。

ドキドキしている事実に気付かれたくなくて、早く馬車のもとに着いてと希《こいねが》う。

同時に、彼と過ごす時間をもっと大切にしたくて、着いてほしくないとも思う。

相反する気持ちを抱えながら、フィオナは城の外に向かって歩いていった。

＊

セドリックは城から離れていく馬車をずっと見つめていた。

らしくないなと思う。

胸の奥がふんわりと温かくなるような不思議な感覚。彼女のことを考えると、初めての感情が次から次へと生まれてきて、どうしていいのかわからなくなる。

コトリと、なにかが音を立てるような。

あるいは、なにかが首をもたげるような。

それらの感情にどう名前をつけたらいいのかわからなくて、セドリックは目を伏せる。

(悪い感覚ではないのだが)

誰かに心を動かされることなど、もう何年も経験していない。思えば、フィオナとは出会った時から調子を狂わされてばかりだった。

(契約魔法の条件に動じなかった娘など、いなかったからな)

王妃陛下のありがた迷惑な計らいで、あまたの女性と見合いをしてきた。けれど、その半数が『公爵になる気はない』と言った段階で表情を変えた。

落胆する者、なにを考えているのかと怪訝な顔つきをする者がほとんどで。さらに二年後に離縁するという条件を聞いた瞬間、彼女たちはセドリックを見限った。

――いや、中には条件を呑んだふりをし、契約魔法まで交わした上で、セドリックを誘惑してきた阿呆もいた。契約魔法の反動を軽視していたのだろう。

契約を結んですぐにセドリックに迫ろうとして――彼女の思考か、その行為か――なにかが契約魔法に引っかかり、女はセドリックの目の前で声を失った。

もちろん婚姻には至らなかった。それどころか、世間ではその娘が『セドリックに暴力を振るわれ、恐怖で精神的に声が出せなくなった』という噂が広がった始末。セドリックとしても、見合いをするたびにあんな事件が起こってはたまらない。だから覚悟のない者を弾くために、あえて噂を放置したわけだが。

セドリックに身分の低い恋人がいるという噂もそうだ。

（……フィオナはまだ、勘違いをしているのだろうか）

契約魔法を結ぶ際、ふとこぼれた彼女の言葉。

彼女はどうも根も葉もない噂を信じているようだった。

でも、それをはっきりと否定しなかったことを、今になって悔いるだなんて。

（私の行動を見ていたら、恋人など存在しないとすぐ理解できると思うのだが？）

さすがにもう、噂が嘘だという事実を認識してくれていると思いたい。

そもそも、今のセドリックのどこに恋人など囲う暇がある。四六時中仕事に追われているし、少しでも余裕ができればすぐに帰宅している。彼女だってわかっているだろうに。

（……なんて。なにを苛立《いらだ》っているのだろうな、私は）

馬鹿馬鹿しい。彼女が噂を信じている可能性を思うだけで、どうしてこうも胸をかき乱されるのだろう。そもそも、ひと言噂を否定すれば済むだけだ。わかっている。

（でも、それを伝えたところでなんになる）

セドリックにはフィオナとの未来はない。彼女とはいつかは別れる。むしろ彼女との距離を保つために、あえて訂正せず、濁すような言葉を選んだのはセドリック自身だ。

ちらりと己の指輪に目を向けた。

左手の薬指に光る古びた指輪。これは今のセドリックにはなくてはならないものだ。

一生外さないと誓いを立てているものの、その事情を知る者はごく少数。はめている指が指なために妙な勘ぐりをする者が後を絶たないが、決して甘い理由はない。

（これは、贖罪《しょくざい》だ）

セドリックはギュッと、右手で左手の薬指に触れる。しかし、そこにはなんの感覚もない。

触れた感触も、熱も、なにも。

これは、セドリックの体内に流れる忌々しい魔力を押さえ込むための魔道具だ。

かつてセドリックの大切な者を傷つけてしまったこの魔力を、二度と外に放出しないようにするための戒め。その弊害でセドリックは多くのものを失っている。

セドリックがはめているその指輪は、魔力の体外排出を極限まで妨げる効果がある。自分では制御できぬほどの魔力を持て余したセドリックが、自分の力を暴走させないようにするために。結果として、体内に溜《た》め込まれた莫大な魔力が、セドリックの人間としての機能を大いに狂わすことになってしまっているけれど。

――触覚や味覚などの五感を狂わすほどに。

でも、それすらも甘んじて受け入れるつもりだった。フィオナを娶《めと》るまでは。

(彼女は、温かかった)

彼女をエスコートした時に手が触れた。指輪がはめられたセドリックの左手の薬指は、普段からあまり感覚がない。

それなのに彼女が触れたことがはっきりとわかって動揺した。手袋越しの彼女の手。その温かな感触が、いまだに感覚として残っている。

ありえないことが起こっている。

彼女と出会ってからずっとだ。

誰かに心を動かされることも、誰かの存在を強く意識することも、全部、全部。

指輪をはめ、人間としての感覚を失う中で、心まで動かなくなっていたはずなのに。

（心が、じくじくする……）

彼女と向き合うたびに、胸の奥に芽生える奇妙な感覚。心地よくもあり、痛みを伴うような。

最初は都合のいい相手だと思った。

フィオナは自分の役割をよく理解していて、セドリックの邪魔をしない。社交にも名声にも権力にも興味がないのか、余計なことをしない。

セドリックが彼女に突きつけた条件も、彼女に対する態度も、本来とても失礼なもののはずだ。まともに顔を合わせようとせず、いつか離縁をするからと夫婦として接することもない。

少しくらい不満に思っていいはずなのに、彼女はいつも笑顔だった。

本来、彼女に与えた役割はお飾りの妻だ。セドリックのことなど気にせず、好きに過ごしていいと言っているのに、彼女はいつもセドリックのことを心配してくれる。

彼女のことを愛するつもりはないと言った。そして彼女も、それをよく理解している。

だからこそ、彼女の優しさは見返りを必要としていないものなのだろう。

それがさも当たり前であるかのように、セドリックにただただ温もりをくれるのだ。

これはあくまで仮初めの婚姻だ。彼女とは契約関係であり、そこになんらかの感情を伴う必要などないというのに。

――彼女が与えてくれる安らぎを、享受したい自分がいる。

（疲れているな、私も）

情けなくて首を横に振る。

以前は数日泊まり込みが続いたところで、なんともなかったというのに。

（この私が、家に帰って休みたいなどと思うなんてな）

本当に、フィオナが家に来てから驚かされてばかりだ。

その最たるものが、彼女がくれた眠りだった。

難儀なことに、セドリックはもう十年ほども穏やかに眠れていなかった。心と体をどれだけ酷使し、疲れ果ててベッドに潜ったところでまともに休むことなどできない。

指輪で魔力を封じた弊害だろう。ぐるぐると体内に渦巻く感覚に精神を乱され、朝になるまでジッとしていることしかできなかった。

不幸中の幸いと言うべきか。眠れずとも、溜め込んだ魔力がエネルギーに変換される。だから体の疲れだけは魔力でごまかしていたが。

眠れず、神経は働き続ける。脳は一切休まらずに精神は疲弊するばかり。

セドリックに正しい安らぎが訪れることはない。だからこそ、できるだけ感情を排除した。

そうしなければ、なにかが壊れてしまうような気がしたからだ。

かつて。そんなセドリックを救ってくれたのは、一枚の枕カバーだった。
六、七年ほど前だろうか。侍女長が見つけてきてくれた枕カバーに替えてから、驚くほどすんなりと眠りにつくことができたのだ。

それは奇跡にも似た出来事だった。なんの変哲もないただの枕カバーだ。それでも気持ちの問題なのか、その枕カバーに触れると妙に心が安らぐ気がした。

その枕カバーはたちまちセドリックにとってなくてはならないものとなった。むしろ、それ以外のものなど受け入れられるはずもなく、柄にもなく固執した。

確か一年間ほどだったろうか。なんの問題もなく、たっぷりと眠りにつけた日々は幸福のひと言であった。

ただ、物には寿命がある。そのカバーを酷使すると、当然生地はどんどん擦り切れていく。変色し、よれていくうちにセドリックは安らぎから遠のいた。

結果として、また眠れぬ日が増えていく。でも、たまに眠れる日もあった。その安らぎを求めて、くたびれた枕カバーに固執する。

一年、また一年と時が経《た》ち――セドリックも大人になり、忙しくなった。

そうなると、どうせ眠れないのに横になることすら無意味に思えてきて、夜通し仕事をしてごまかす日が増えていたけれど。

ある日を境に、また変わった。

フィオナが修繕してくれたという枕カバー。彼女の手が入ったその日から、セドリックには再び安らぎが訪れたのだ。どういう理屈かはわからない。ただ、彼女が施してくれる刺繍は、どうもセドリックの神経に安らぎを与えてくれるらしい。

不思議なことに、以前の枕カバーでなくとも、彼女の刺繍の入った物に触れていると、とても落ち着くようになった。その安らぎが欲しくて、セドリックは自宅へ帰ることが増えたのだ。

（いや、眠りだけではないな）

彼女のくれる安らぎが他にもある。早く帰宅した日には笑顔で迎えてくれる。たっぷりと眠った翌朝には、食事だって一緒にとってくれている。

セドリックは味覚もまともに働かなくて、食事の感動などとっくに忘れている。けれど彼女はひと口食べるたびに、きらきらと瞳を輝かせ、口にしたものの感想を言うのだ。

彼女の感想を聞くたびに、「ああ、この料理はそんな味がするのか」と、自身も味わっているような感覚になる。

不思議なもので、味わうという行為を追体験しているような気持ちになるのは、悪くなかった。なによりも食事をしながら幸せそうに笑う彼女の表情がとてもいい。

（……明日は、帰宅できるだろうか）

毎年この時期は議会への準備で忙殺されている。

眠れないことをいいことに体力気力の限界まで業務を詰め込んでいたけれど、今年はそこまで根を詰めたくない。むしろ、自身の仕事量を減らすために、徐々に他の部署に案件を回すようにしているくらいだ。

（部下の者たちも、早めに帰すか）

なんて、らしくもない気遣いを見せながら、セドリックはいまだ噂で賑わう自身の執務室へと戻ったのだった。


——そうして夜。

部下を早々に帰したセドリックは、ただひとり執務室に籠もってペンを走らせていた。

随分と長い間集中していたからだろう。とうとうインクが切れてしまった。いつもならこうなる前に補充をしていたはずなのに、いったいどれほど集中していたのか。

セドリックはペンを置き、背もたれに体を預けた。

体はすっかりくたびれている。目を酷使した自覚はあり、瞼《まぶた》を閉じて、目元を押さえる。

じんわりと脳が痺《しび》れるような感覚があって、セドリックは深々と息を吐いた。

（家に、帰りたい……）

今、フィオナの用意してくれたシーツに包まれて眠ったら、どれほど幸せだろうか。

彼女の与えてくれる不可思議な安らぎを思い出し、口元を緩める。

大丈夫。この調子ならばもうすぐ山は越える。

そうすれば毎日、家に帰れるようになるのだ。フィオナのくれる安らぎを享受できる。

セドリックはすっかりフィオナの用意してくれた寝具の虜《とりこ》になっていた。

彼女の刺繍に触れていると、彼女の優しさに包まれているような心地がする。

きっとフィオナの人柄が表れているのだろう。彼女の刺繍からは、のんびりとして、ふんわり笑う彼女の温かさのようなものを感じる。

（それこそ、彼女の温もりに包まれて眠るような――）

――ふと。彼女の存在がすぐそこにあるような気持ちになる。

夜、眠る時。セドリックはベッドに横になって、彼女の細い肢体を抱きしめる。甘い色をした柔らかな髪が揺れ、ふわりと彼女が頭を寄せる。くらくらするような香り。滑らかな肌にこの手を這わせると、彼女はとろりと瞳を細める。

やがて、芳しい色香を放つ彼女の唇を――。

「！」

――と。そこまで考えて、セドリックは愕然《がくぜん》とした。

ありえない。なんという想像をしているのだろうか。

頬が熱い気がする。額を手で押さえ、わざとらしく大きくため息をついた。

（阿呆か、私は。執務室でなにを考えて――）

普段は物思いに耽《ふけ》ることなどないのに、ぼんやりと執務室の中を見回した。

ランプの明かりがゆらりと揺れる。その明かりは遠くまでは届かず、部屋に落ちる闇をより深く感じさせるだけ。誰もいないこの部屋が、随分と寂しく思えてくる。

（寂しい、か……）

あまりにらしくなさすぎる。

いちいち心が動かないセドリックが、感傷に浸ることなどありえないのに。

（今日は彼女が来ていたから、余計にか）

あの入口近くにフィオナが立っていたのだ。オズワルドやアランに囲まれて戸惑っていた。彼女がそこにいるだけで、いつも灰色だった世界は優しく色づいたような心地がした。セドリックの心の奥に穏やかな陽が差したような、不思議な感覚があったのだった。

（ああ――そういえば）

大きな執務机の端に目を向ける。

（彼女の差し入れがあったな）

なんとなく、皆の前で食べることが憚られて、ひとりになるまでとっておいたのだった。

まともに味を感じられないセドリックにとって、食事はあくまで生命の維持のために摂取しているだけのもの。生きるための栄養を確保すること以外の目的を持てず、今までは億劫《おっくう》だったが。

（腹が減っている気がする――なんて、ただの願望だがな）

空腹を感じられ、食事を楽しめたらどんなにいいだろう。フィオナとともにいると、自分が人間であるという当たり前の感覚を取り戻せる気がするのだ。

合理主義の自分が精神論に支えられているだなんて笑えてくる。この薬指の指輪があるかぎり、セドリックの感覚が戻ることなどないというのに。

苦笑しつつ、彼女の持ってきたバスケットを引き寄せ、中を覗く。

(焼き菓子か)

少し意外だった。疲れているから甘いものを、ということなのだろうが。

ついでに仕事中でもつまみやすいものをと考えたのだろう。どうやらフィナンシェのようだ。中央にちょこんとジャムのようなものがのせられている。

(懐かしいな)

セドリックは口角を上げる。

昔。まだ、まともに味を感じられた頃。セドリックはこういった甘いものが好きだった。本当に好きだったのだ。なんとなく甘味好きだと思われるのが気恥ずかしくて隠していたけれど、料理長にはバレていたはずだ。

(料理長はそのことを話したのだろうか?)

もちろん、今は菓子を食す意味を見失っている。本当に忙しい時、糖分補給でたまに口にするくらいだ。

(彼女がこれを作ると決めたのか?)

どうもフィオナは、セドリックの周辺環境に少しずつ変化を起こそうとしている節がある。

夜、セドリックが眠れるようになったのも、寝具を替えて気分転換をしたからだと思っているようだし。

セドリックが味覚に支障を抱えていることも、おそらく気付いているのだろう。だからこその、この変化だ。セドリックがかつて好きだったものを用意して、記憶に訴えかけようとでもいうのだろうか。

（……そう簡単にいけば、いいのだがな）

でも、彼女が作ってくれたのなら悪い気はしない。

（いただくか）

普段は差し入れに一切手をつけないことを皆が知っているからか、残っているのはひと切れだけだ。食べることに執着しないセドリックだが、この時ばかりは少し恨めしい気持ちがこみ上げた。

（フィオナの手作りだぞ？　もう少し残しておくべきだろう？）

ちゃんとセドリックの分を残すように釘をさしておかなければ、このひと切れすら残っていなかったかもしれない――などと考えて苦笑する。

（フィオナが作ってくれたということに、ここまで意味を見出すとはな）

セドリックは自嘲する。

誰が作ろうと、どうせ味はしないのだ。ただ、脳を酷使した今、甘味は仕事の効率を上げるだろう。そういう意味で、摂取する意義を感じるだけだ。

セドリックの心を多少なりとも動かす娘。

でも、そんな彼女が作った差し入れも、食べてみたらどうせ無感動のはず。

ここには味を伝えてくれる彼女もいない。だから期待するだけ無駄だと思ったのに。

ふわりとフィオナの笑顔を思い出し、胸の奥が疼《うず》く。セドリックはそれに気付かぬふりをして、紛らわせるようにその菓子を口にした。

さくり。優しい食感に、意識が持っていかれる。

バターの香りがした。次に、舌から広がるほどよい甘さ。

味覚を忘れたセドリックには衝撃が強すぎた。

その甘さに意識を両手で力いっぱい掴まれて、引っ張られるような感覚。

セドリックは両目を見開き、硬直した。

この感覚を脳が処理しきれなかった。あまりに久しぶりすぎて。まさか、再びなにかを味覚として味わうことができるなど思わなかった。

甘い。あまい。嘘だろうと思う。

だって、このような感覚はずっと忘れていた。

「……っ」

確かめるように、もうひと口。今度はじっくりと舌の上で転がした。

何度も何度も噛みしめ、味わい、嚥下するのももったいなくて。

ぽとりと、なにかがこぼれ落ちる。

執務机に落ちた水滴を見ても、セドリックはそれがなんなのか、しばらく理解できなかった。

ぽた、とまた雫《しずく》が落ちる。

やがて堰《せき》を切ったように次から次へとこぼれ落ちるそれに、温度を感じた。

温もりがある。確かにある。

(ああ――そうか)

ようやくセドリックは気が付いた。

頬を伝うこの温もりの正体が、涙であることに。

(彼女が、くれたのか)

当たり前の人間としての感覚を、セドリックに。

――それはまるで魔法のようだった。

しばらく呆けた後、セドリックは今までにないほどに頭の中をすっきりさせて、目の前の案件に注力した。

翌日、無事に執務室から解放されたセドリックは、珍しく早い時間に帰宅する。

先触れもないセドリックの突然の帰宅は、家の者たちを大いに驚かせた。当然、フィオナの迎えもなかったが、彼女を呼びに行こうとしたロビンをセドリックは止めた。

その日、フィオナは居間でひとり刺繍を楽しんでいるようだった。

今度はどのような意匠にするのだろうか。彼女が昨日持ってきてくれた着替えには、彼女の刺繍が施してあった。シャツの襟に美しい蔦《つた》の模様があり、これがセドリックの仕事を後押ししてくれたような気さえする。

廊下から居間を覗き込む。彼女はソファーに座り、午後の柔らかな陽差しを浴びながら、鼻歌交じりに手を動かしているようだった。

彼女は真剣に、そして実に楽しそうに針を刺していて、こちらに気付く様子もない。

邪魔をしたくない。でも、気付いてほしい。

相反するふたつの気持ちを抱えているが、体の方が勝手に動いてしまったらしい。

考える前に居間に足を踏み入れていた。その音にハッとして、彼女が顔を上げる。

「えっ⁉　旦那さま、お帰りなさいませっ」

出迎えられなかったと慌てる彼女を手で制す。

「構わない。予定より早く仕事が片付いてな。――君のおかげで」

「そうなのですか？　ふふ、よかったです」

彼女は笑っているけれど、きっと世辞かなにかだと思っているのだろう。フィオナは全然わかっていない。彼女のおかげで、どれだけセドリックが救われているかを。

引き寄せられるように彼女の隣に座る。彼女は驚いたような顔をしたけれど、離れて座る必要性を感じない。

「続けて」

刺繍をする時、フィオナは手袋を外しているらしい。出会った頃と比べると、すっかり綺麗になっているものの、貴族の令嬢にしては使い込んでいる労働者の手だ。

でも、この手であの優しい刺繍が施されるのかと思うと、なによりも美しく感じる。

「ほら、フィオナ。続けなさい」

「えっと。――では」

彼女はこくりと頷き、少し緊張した様子で再び針を動かしはじめる。優しいクリーム色の糸で紡がれる刺繍は、まだ形が見えてこない。

これがどのようなものになるのだろうと、予想するのもなかなか楽しい。

針を動かす彼女の手は、まるで魔法使いのように、とびっきり自由だった。

――そうして、彼女の刺繍を眺めているうちに、いつしか眠ってしまっていたらしい。

ふと目を開けると、すっかり周囲が薄暗くなっていた。

午睡などいつぶりだろう。どれほどの時間眠っていたのか、まだぼんやりしたままの頭で考える。

「あ、起こしてしまいましたね。ごめんなさい、旦那さま」

そう遠慮がちに囁《ささや》きかけられた時、セドリックは、フィオナの膝を枕にして眠っていたことに気が付いた。彼女は刺繍をする手を止めて、セドリックを撫でてくれていたらしい。その柔らかくて温かな感触が心地いい。

優しい若草色の瞳と目が合った。ふふふと笑い、細められたその目には、彼女らしい慈しみが溢れている。

（セドリックと、呼んでくれたらいいのに——）

でも、確かに幸福だと思った。

彼女の温もりに包まれてもっと眠っていたい。彼女のくれる安らぎをもっと享受したい。セドリックは純粋にそう望んだ。

二年契約という事実を横に押しのけて、ただ望むままに彼女の右手を捕まえる。

セドリックを撫でてくれていた優しい手。この手が、あの見事な刺繍の数々を紡いでいる。

針を刺す右手の人差し指。その指があまりに尊く、愛《いと》しくて。

セドリックはその指先に口づけた。

＊

その口づけは唐突に落とされた。

セドリックがフィオナの右手を捕まえたかと思うと、それを己の顔の前に引き寄せ、まるでそれが当たり前のごとく自然に口づける。

その時の彼の顔は見たこともないほど穏やかで、多幸感に溢れている。――そうするうちに、彼は再び眠りに落ちていってしまった。

（び……、び……っ）

どくどくと、激しく心臓が鼓動する音を聞きながら、フィオナは心の奥で叫ぶ。

（びっっっっっくりしたあ……っ！）

フィオナの膝を枕にしたまま、すやすや眠るセドリックに目を向ける。

今までの彼からは想像もつかないほどの、健やかな微笑みだった。目を閉じ、再び眠りに落ちた今もまだ、どこかあどけない表情をしている。そして――。

（ううっ……離して、くれない）

なにをと言えば、フィオナの右手を。

その人差し指を己の唇に押しつけたまま、すやすやと眠っている。

（あー……）

心臓がずっと暴れている。

（嘘よね……？）

まるで愛おしいものに触れるような、慈しみの滲む口づけ。

きっと寝ぼけていただけなのだろう。でも、甘さを含む余韻が、ずっとフィオナの胸に残っている。困るのは、その感覚がちっとも嫌ではないということだ。

胸の奥に疼くような、熱を孕《はら》んだ痛み。

フィオナは別に鈍くはない。このところ、チクチクと感じている痛みの正体に目を向けようと思えばできるはず。でもフィオナは、あえてその疼きから意識を逸らした。

(いつか、お別れする日が来るんだもの)

この気持ちを膨らませるのは、つらいだけだ。

第四章　初めてのデートと守るべき約束

議会は無事に開会に至り、季節も廻った。

いつしか春も過ぎて、初夏の爽やかな陽気が心地いい。

相変わらずセドリックはいくつも大きな案件を抱えているようだけれど、仕事量はかなり落ち着いてきたらしい。色々と考え事をする様子は見られるが、毎日きちんと自宅へ帰ってきてくれていた。

なんとなく、セドリックの雰囲気が柔らかくなったような気がする。以前はぴくりとも変化のなかった表情が緩むことも多くなったし、フィオナのそばでぼんやりすることも増えた。

フィオナが刺繍をしている横で資料を見たり、本を読んだり。その内容はフィオナでは理解できないほど難しいもののような気がするが、彼なりに寛《くつろ》いでいるらしい。

そう、寛いでいるのだ。あの合理主義で無駄を嫌う彼が、寛いでいる。

そんなセドリックを見守りながら、フィオナはホッとするような、少し落ち着かないような不思議な気分を味わっていた。

さらにここ最近で変化したことと言えば、セドリックがフィオナに小さなお願いをするのが増えたことだろうか。

『フィオナ。わがままを言ってもいいのなら、このハンカチーフにも君の刺繍を――』

『茶を淹れるなら、その――できれば、君に手ずから淹れてもらいたいと言えば、叶えてくれるのだろうか？』

『また、君の差し入れが欲しいと言ったら……？』

誰かに頼み事をするのに慣れていないのだろう。命令とは本質が異なるお願い事。彼はそれを、言葉を選びながら、おずおずとフィオナに告げるのだ。

お願い事などいくらでも言ってくれていい。

彼がフィオナに与えてくれたものの大きさを思えば、恩返しにもならない。

それでも、純粋に彼に頼られるのが嬉しくて、フィオナはふたつ返事で引き受ける。

食に興味を持たぬ彼が、フィオナの淹れたお茶や用意したお茶菓子だけは喜んで手をつけてくれて、それもとても嬉しかった。

もちろん、近付きすぎてはだめだとわかっている。彼との距離感を間違えてはいけない。でも、彼に甘えられることが嬉しくて、拒否できない自分がいた。

そんなある日のことだった。

その日フィオナは、朝からとても落ち着かない気持ちでいた。

「奥さま、お綺麗ですよ」

すぐ隣では、やりきった笑顔を浮かべるロビンが立っている。

ふたり並んで姿見に映った自身の姿を確認しながら、フィオナは昂揚《こうよう》する気持ちを落ちつけようと深呼吸した。

「ありがとう、ロビン」

素直に礼を言いながらも、鏡に映った自分の姿を見て不思議な気持ちになった。

（これが、わたし……）

前に城に差し入れに行った時とは雰囲気が異なる、優しいオレンジ色のドレスである。オレンジとはいっても淡く落ち着いて見える色で、大人らしい上品さもある。ほどよくフリルも入っており、形もなんとも小洒落《こじゃれ》ていた。

本来は地味で素朴だった茶色の髪も、毎日の手入れの成果でたっぷりと艶がある。ロビン曰く、フィオナの髪は光に当たるとキャラメルみたいな甘さが増すから、それを緩く編むことで自然と優しい印象になるのだとか。

この家に来た頃からは考えられないほど、貴族の若奥さまらしい姿をした自分が、そこには映っていた。

「旦那さまの隣に並んでも、おかしくないかしら？」

「もちろんですとも！　きっとセドリックさまも見とれちゃいますよ」

そこまでは望んでいないけれども、背中を押してもらえて少しホッとする。

そう、この日はなんと、セドリックとふたりで街に出る約束をしていた。

（ロビンはデートだって言うけれど……）

それはちょっと大袈裟に言いすぎな気もする。

このところ、セドリックの雰囲気が変わったことに屋敷の誰もが気付いていた。そんな彼ら曰く、セドリックがフィオナに気があるのでは？ということらしい。

どういう理屈か、彼はすっかり眠れるようになったし、食事の際もどことなく味わうような素振りを見せることが増えた。確かに大きな変化があったとは思う。

彼が生活の中に安らぎを見つけたからこその変化だと思うが、それを「フィオナを想っているから」などと理由づけられてしまうのは烏滸《おこ》がましい。

調子に乗ってはいけないと思いつつも、今日のお出かけが楽しみな自分もいた。

昨夜、帰ってくるなり、神妙な面持ちで語りかけてきたセドリックの様子を思い出す。

『フィオナ、明日なのだが。――街に出ないか？　君には世話になっているからな。なにか欲しいものでもあればと』

ウォルフォード公爵家に出入りする馴染みの商人もいる。しかし、あえて彼らを呼び出すこともなく、一緒に出かけようと誘ってくれたのだ。どういう風の吹き回しかとも思ったけれど、彼と一緒に街に出かけられるのは、素直に魅力的に思えた。

もちろん契約があるのはわかっている。そもそも彼には、恋人がいるはずなのだ。

（全然、会っていらっしゃる様子はないけれど）

胸がチクリと痛む。

セドリックは家を空けている時間も長い。だから外出の際、なにをしているかなんてわかるはずもない。仕事に出かけているとは聞いているけれど、噂の恋人にだって会おうと思えば会えるはずだ。

でもなぜだろう。恋人と逢瀬《おうせ》している気配などちっとも感じないのだ。

というよりも、時間ができると嬉々《きき》として帰宅している気がする。フィオナと過ごす時間を望んでくれているとすら、錯覚しそうなくらい。

(——なんてね。都合のいい願望にもほどがあるわ)

勘違いしてはいけない。わかっている。

でも、フィオナさえ認めたくない心の奥の願望を、ロビンはすっかり見抜いているのだろう。

だから今日の身支度も、フィオナよりもロビンの方が気合いに満ちていた。

「さあ参りましょう、奥さま。きっとセドリックさまも、今か今かとお待ちですよ」

彼女の期待に応えられないのが心苦しくて、フィオナは曖昧に笑った。


「フィオナ……!」

玄関ホールまで向かうと、先に支度を済ませていたらしいセドリックに出迎えられた。

彼は少し驚いたような、感極まったような表情をしている。

なんだかそわそわしてしまうも、フィオナも彼から目を離せなかった。

綺麗なベージュのコートに、たっぷりと装飾が入った同じ色のベストを重ねている。すっきりとした白いシャツに白のタイを合わせて、大きなサファイアがあしらわれたピンで全体を引きしめていた。そこに少し濃いめのベージュのトラウザーズを合わせて、爽やかな印象に仕上がっている。

普段、仕事に行く時はもっとかっちりした服装が多い彼だが、今日は休暇が目的だからだろう。きっちりまとめすぎていないカジュアルな姿に、フィオナはぱちぱちと瞬いた。

大変困ったことに、心臓が大きく鼓動している。

緊張で足を止めてしまっていると、セドリックの方からこちらに近付いてきた。

「その――」

彼も彼で言葉に詰まっていた。

「――――とても、似合っていると思う」

驚きで呼吸を忘れた。

まさかフィオナの方がこうも褒められるだなんて。

お世辞であることはわかっているが、真に受けてドキドキしている自分もいる。

でもこの人は、使用人たちの目がある中でなんてことを言うのだとも思う。

ロビンたち女性陣は目を輝かせ、男性陣もなんだか温かな目で見守ってくれている気がする。

結婚してもうすぐ半年になるというのに、とうとう湧き出た甘い空気に、フィオナを含め皆で呑まれてしまっていた。

「っ、……行こうか」

そう言って彼が手を差し出してくれる。

「……はい、旦那さま」

ふたりしていたたまれなくなりながら、フィオナもセドリックの手を取った。


そうしてやってきたのは王都のほぼ中央に位置する通りだった。

空はよく晴れていて、初夏の爽やかな陽気にみずみずしい緑が揺れる。

並木道を挟んで左右に、宝飾店や仕立屋がずらりと続いていた。贅沢にもたっぷりと硝子を使ったショーウィンドウのある店が立ち並び、今のトレンドがひと目でわかる。

もともと屋敷に籠《こ》もりがちなフィオナは、いまだに王都をまともに散策したことがなかった。だから、セドリックのエスコートで馬車から一歩降りた瞬間、初めて見るモダンな街並みに見入ってしまった。

「素敵……」

自分には全然なかった新しい感性が一気に跳び込んでくる。

丁度社交シーズンというのもあってか、通りはショッピングを楽しむ人々で賑わっていた。

「ねえ、見て」

「あの殿方、素敵ね……！」

ふと、そのような会話が聞こえてきた。

周囲に目を向けると、街ゆく女性たちの視線が一箇所に集まっていることに気が付く。

「フィオナ、はぐれないように私の手を」

「あっ……はい」

目を細め、穏やかな表情でこちらに手を差し出してくれる男性。つまり、セドリックに。

（そりゃあ、そうよね）

皆が色めき立つのは当然だ。すらりとした長身に、深い夜色の髪。艶めく美男子に目を奪われないはずがない。しかも今はセドリックの表情が柔らかい。今まで以上に甘く感じるその容姿に、皆一様にため息をついている。

「ねえ、あの隣の人、恋人かしら？」

「そうよね。あんな素敵な殿方にお相手がいらっしゃらないはずがないわ」

と、まさか次に自分が注目されるなどと思わず、フィオナの体は強張った。

どうせセドリックには不釣り合いだとでも思われたのだろう。ロビンには太鼓判を押してもらったけれど、こんな街中に立つと自分がひどく田舎者で野暮ったく思えてくる。

素朴と言えば聞こえはいいが、要は地味だということだ。どれだけ素敵に着飾らせてもらおうと、フィオナは本質の部分で自分に華がないと思い込んでいた。実際は、彼女の整った容姿や立ち居振る舞いは、セドリックと並んでも遜色がないように見えるのだけれども。

（まあ、お飾りの妻だから。憤る権利もないんだけど）

今さら周囲になんと言われようが、虐げられることにも慣れている。

胸の奥に疼く痛みに蓋をして、フィオナはにっこりと微笑んだ。

「素敵な街並みで驚きました。さあ、旦那さま。参りましょう」

本心を笑顔で覆い隠し、フィオナはつかの間の逢瀬を楽しむことにした。

セドリックと過ごす時間は、驚くほどあっという間に過ぎていった。

フィオナが何度遠慮しようと、彼はフィオナに新しい服を買いたがったし、最初は戸惑いがちだったフィオナも、斬新なデザインの衣装の数々にすっかり夢中になってしまった。

自分への贈り物であることなどすっかり忘れて、新しい感性に出会うたびに若草色の瞳をきらきらと輝かせる。そんなフィオナのことを、セドリックが優しい瞳で見つめていたことにも気が付かず、縫製や染色、さらには織物技術にまで着目しながら、どうやって作ったのだろうと心ときめかせていた。

「君は刺繍だけでなく、洋裁自体に興味があるのだな」

ふとセドリックに声をかけられ、相槌《あいづち》を打つ。

「そうですね。昔から、針子になるのが夢でした」

「針子に――？」

ぽろりとこぼれ落ちた言葉に、セドリックは瞬く。

そこでようやく、貴族の令嬢らしからぬ言葉であったと察して、手を横に振った。

「あ、いえ……！　それくらい、好きだという意味で」

わざとらしかっただろうか。焦って声が上擦ってしまった。

実際、セドリックと離縁した後は、針子になる目標を立てている。でも、市井で生きる覚悟を持っていることをセドリックに知られたくなくて、フィオナは笑ってごまかした。

同時に気付く。

『針子になるのが、夢だった』と、まるで過去のことを指すように、話してしまったことに。

（でも、今の夢は――）

ふと考え、目を伏せる。

今日はセドリックと過ごせる素晴らしい日で、心の底から幸せで楽しいのに。

だからこそ心の奥に深い影が落ちる。

（今の夢は、旦那さまと――）

こうして穏やかな日常をともに過ごすこと。

いつの間にか、望んでいた未来が差し替わっていることに気が付き、そっと息を吐く。

だって、そんな未来はありえないのだから。

「フィオナ？」

ふと、表情に気持ちの陰りが出てしまっていたのだろう。心配そうに覗き込んでくるセドリックと目が合って、フィオナは笑ってごまかした。

「すみません、少し考え事を」

「――そうか」

そうして、次にセドリックに連れてこられたのは宝飾店だった。

いよいよ来てしまったか、とも思う。

ドレスもドレスで値の張る贈り物であったが、宝飾店は尚更だ。繊細な細工が施された宝飾品の数々は見事というひと言ではあったが、正直気が引ける。

「君には、結婚指輪すらまともに選ばせてやれなかったからな」

店に入るなりセドリックにそう告げられ、ぎょっとした。彼はフィオナの左手を取り、まるで後悔するかのようにその手を見つめていたからだ。

今は手袋で隠れて、フィオナの指輪は見えない。けれど、その指輪がある場所をセドリックは何度も撫でていた。

「とても美しくて、気に入っています」

「だが――」

憂いに満ちた表情すら色気が滲んでいる。

その色香にあてられ、周囲の女性店員までもがうっとりとため息をついていた。

（こんなの、勘違いしそうになっちゃう）

ロビンたちが言うように、セドリックが自分のことを好いてくれているのではないかと。

このままジッと見つめられたらたまらない。どうしようと気持ちは焦るばかりだ。自分の気持ちを紛らわせるためにも、フィオナはフラフラと店内の宝飾品に目を向けた。

今日はすでに数多くのものを買い与えられ、これ以上受け取るわけにはいかない。

それに、もし他にも指輪を――などとセドリックが言いだしたら、この手を店員たちに晒さなければいけなくなる。それだけはどうしても憚られた。

かなり綺麗になったとはいえ、公爵家の嫁としてはありえない手だ。恥を晒すのを避けるためにも、フィオナはどうしたものかと考えた。

「旦那さま、今日はもう十分です。わたし、見ているだけで楽しいですから」

などと念を押しながら、店内の商品を一瞥する。

その時、フィオナはとても珍しいものを見つけて目を丸くした。

白く、鈍い輝きを湛えたブローチ。そこには乙女の横顔が彫られており、宝飾品でありながらも、ギラギラしていない優しい趣がある。

これは確か遠い海でしか採れない貝殻を彫った、大変高価なものではないだろうか。

原材料である貝はこの国では採取できず、輸入することでしか入手することのできない特別なブローチ。カメオと呼ばれているのだったか。

「――どうした？　なにか気になるものでも？」

つい、視線が止まってしまっていたことをセドリックに気取られたらしい。なんでもないと笑ってごまかして、彼の手を引っ張る。

「もう、大丈夫ですから」

そう言いながら店の外に出たところで、ようやくホッとした。やっぱり、もらってばかりでは気が引ける。

気持ちを切り替えて、賑やかな街中をセドリックと歩く。すると彼は、フィオナの微細な表情変化まで読み取ったらしい。

「少し疲れたか？」

店を早々に出たことで、彼に不審に思われてしまったようだ。心配してくれる彼に対して黙っておくのも申し訳ない気がして、フィオナは目を伏せる。

「母の遺品に似たものがあったので。少し、思い出しただけです」

「――そうだったか」

母の姿を思い出す。フィオナと同じ若草色の瞳が印象的な、おっとりした女性だった。フィオナに刺繍を教えてくれたのも彼女で、遊び心のある愛らしい刺繍が得意だった。

そんな母の宝飾品は、小ぶりな宝石や優しい色合いを宿したものが多かった。特に、刺繍と同じように、職人の好みがはっきりと形に表れるカメオがお気に入りだったらしく、それを収集するのが彼女の一番の贅沢だった。

そしてフィオナもまた、母が幸せそうに身につけるカメオの柔らかな風合いに、密かな憧れを抱いていたのだ。

『ふふ。フィオナはカメオが大好きね？　あなたが大きくなったら、きっと似合うようになるわ』

母はフィオナの興味などお見通しで、優しい笑みを浮かべてくれていたっけ。

『いつか、あなたが似合うようになったら、とびっきり素敵なブローチを贈るわね』

――なんて。結局、そんな未来は来なかったけれど。

（母の遺品は全部取り上げられた）

なかでも装飾品はエミリーと彼女の母、ふたりの手に渡っているはず。あのカメオの数々は、今はどちらが手にしているのだろう。

「フィオナ」

物思いに耽《ふけ》っていると、セドリックが妙に真剣な顔をしながら手を引いた。

どうやら繁華街の中心までやってきていたらしく、そこには憩いの広場が広がっている。小さな噴水の周りにはいくつかベンチも置いてあり、小洒落た出店が近くに並んでいた。

「ひと休みするか。飲み物でも買ってこよう」

空いていたベンチにフィオナを座らせ、セドリックが離れようとする。

「え？　でしたら、わたしも」

「いや、君はここで休んでいるといい」

使命感に満ちた様子で言い聞かせられるが、彼は本気で言っているのだろうか。

（こんな出店で？　旦那さまが？）

あまりにも意外すぎて、きょとんとしてしまう。

そんなフィオナに、彼はすぐに戻ってくるからと念押しをする。そうしてあっという間に、立ち去ってしまった。

さすがセドリックだ。あまりの判断の早さ、行動力にぽかーんとしてしまう。

でも、悪い気持ちにはならなかった。ここはセドリックの厚意に甘えよう。

本当に今日は、なにもかも彼に任せっぱなしだ。至れり尽くせりで、せっかくの休暇なのに彼が休めていないのではないかと心配になる。

でも、フィオナの心はずっと満たされたままだった。

（たくさん、思い出を作っていいんですね？）

彼がフィオナを愛することはないけれど、仮初めでも夫婦として連れ添ってくれる。フィオナがとっくになくしたはずの家族になってくれている。

（あったかい……）

冷酷な次期公爵だなんて噂は嘘だった。

確かに合理的なところはあるけれど、彼は誰よりも気遣いができて、優しい。

いったいどの店で、なにを買ってくるつもりなのだろうか。セドリックが買い食いをするなんて想像つかなくて、いっそ彼の選択に興味が湧いてくる。

早く戻ってきてくれないかなあと、頬を綻ばせたその時だった。

「あら？　あなたは――」

あまりにも聞き慣れた、鈴を転がしたような愛らしい声に反応して体が震えた。

「お姉さま？」

どくんと、心臓が嫌な音を立てる。

声のした方を見たくない。温かくて満たされていたはずの心が、たちまち萎んでしまいそうだから。でも、相手の方は見逃してくれるつもりなどないようだ。

「やっぱりお姉さまなのね。こんなところでお会いできるなんて」

訴えるような声が、フィオナの心を凍らせていく。

表情を強張らせ、おそるおそる顔を上げる。すると、そこには甘ったるいピンク色の瞳をした華奢な娘が立っていた。

ふわふわの金色の髪を巻いた可憐な令嬢の名はエミリー・レリング。

かつて、レリング伯爵家でフィオナを虐げていた娘は、天使のような笑みを浮かべながら、こちらを見下ろしていた。

そうだった。この時期、世間は社交シーズンだ。地方に住まう貴族たちがこの王都へ集ってきている。

きっとエミリーも、レリング伯爵家のタウンハウスに住まいを移しているのだろう。供を連れてショッピングでも楽しんでいたのか、後ろには見知った侍女が控えている。

「……エミリー」

「お姉さま。しばらくお会いしない間に、随分とお変わりになったのね……」

フィオナの姿を上から下までざっと見るなり、エミリーは眉を寄せた。

彼女がそう思うのは当然のことだろう。

寝食を整えたフィオナの顔色はよく、ほっそりはしているものの、痩せこけていた体も健やかさを感じるようになった。肌や髪にも艶が出て、ロビンによって整えられた衣装が彼女を公爵家の嫁として相応しい姿へと変貌させている。

そんな彼女の上品でありつつも穏やかで優しそうな雰囲気は、すっかり周囲の者を魅了していた。フィオナ本人には、ちっともその自覚はないけれど。

対するエミリーは、この日はふんわりとした白と水色を中心としたコーディネートで、本当に天使のような愛らしさがある。

ただ、彼女はなにか言いたげだ。

「残念ですわ、お姉さま」

表情を曇らせ、甘いピンクの瞳をわざと潤ませて、大袈裟に嘆く素振りをする。

「わたくし、あんなに心配しましたのに。お姉さまは連絡ひとつくださらない」

そのくせ、こうやって遊び呆けているなど何事だ、とでも言いたそうだ。

「お姉さまがこんなにも冷たくなってしまうだなんて、わたくし……っ」

またはじまったと思い、フィオナはギュッと唇を引き結ぶ。

家を出ても、フィオナは彼女の呪縛から逃れられないらしい。

これまで何度も味わってきた、もやもやするような気持ち。エミリーの周囲に訴えかけるような主張がはじまるなり、心の奥が深く沈んでいくような心地がする。

フィオナは静かに息を吐き、仕方なしにエミリーの主張に耳を傾ける。

「ウォルフォード次期公爵さまと婚約なさったと思えば、わたくしたち家族をお捨てになるだなんて！　そんなの、まるで家出ではありませんか」

実際、家出と同義だ。

あの家に戻らなくていいと言われたのだから、喜んでセドリックの提案に乗っかっただけ。

「お姉さまが勝手にいなくなってから、大変だったのですよ？　わたくし、お姉さまのこと大好きだったのに。さよならのご挨拶すら許していただけないだなんて、悲しくて。お姉さまは、わたくしのことなんかどうでもいいのね」

懐からハンカチーフを取り出し、わざとらしく目元を押さえる。嘘泣きもいいところだが、彼女の悲しむ仕草に、周囲の者たちが同情するような目を向けるのがわかった。

ああ――と、思った。

うんざりする。このエミリーの嘆きに、いつもフィオナは振り回されてきたのだ。

「お姉さま、すぐに戻っていらっしゃるって仰っていたではありませんか！ ――どうして？ ウォルフォード次期公爵さまに、なにをしたんですの？ まさか、は……恥ずかしい、手段で、次期公爵さまに取り入った……なんてことは……っ」

そうして、羞恥で顔を赤らめてもじもじする彼女の姿は愛らしかった。

ピンクの瞳を潤ませて、フィオナのことを心配しているふりをして、貶めようとしている。

つまり彼女は、フィオナのことを、体を使ってあの冷酷な次期公爵を籠絡《ろうらく》した悪女に仕立て上げたいらしい。

確かにエミリーの言う通り、フィオナは家に帰らなかったし、別れの挨拶すらもしなかった。一般的に見ると不義理なことをした自覚もあるが、そもそも叔父一家に義理を立てる必要性など感じない。

そこをセドリックの方が気を利かせてくれて、取り計らってくれたのだ。

フィオナのための支度金という名目で、それなりに金銭も送っているはず。表向きには手紙のやり取りなどで話もつけてあるはずだ。

それなのに、あえてフィオナを悪者にするために、エミリーは彼女なりの事情を懇切丁寧に語り聞かせる。事情とはいっても、そこはエミリーにとっての都合のいい嘘でたっぷりと脚色された悲劇の物語だったけれど。

彼女の語りにかかればあっという間に、かわいそうなエミリーと家を捨てて遊び呆けている悪女フィオナという関係性の出来上がりだ。

（以前のわたしなら、なんの反論もしなかった）

最初から諦めていた。フィオナはひとりぼっちで、耐えることしかできないと思っていた。

でも今は違う。フィオナと一緒にセドリックまでもが貶められているのに、黙ってはいられない。

「なにも恥ずべきことなどしていないわ。旦那さまは立派な方ですもの。――きちんと筋は通したはずなのに、それすらもなかったことにして、憶測でものを言うのはやめてくださる？」

「な……っ！」

まさか反論するとは思わなかったのだろう。驚きでエミリーの目が見開かれる。

いつまでも見下ろされたままでいられるかと、フィオナはしっかりと立ち上がる。その凛《りん》とした仕草に誰もが目を奪われた。

「あなたはわたしのことが大好きなのでしょう？　そんなわたしの言葉にも、ちっとも耳を傾けてくれないのね。悲しいわ」

そう言って目を伏せ、ほうと息を吐いてみると、エミリーがうっと言葉に詰まった。

公衆の面前であるために、すっかり皆の視線が集まっている。

ウォルフォード公爵家の嫁として、決してよくない注目の浴び方をしてしまい、フィオナは心の中で盛大にセドリックに謝った。

これでまた変な噂でも立ってしまったら、セドリックに詫びようもない。

(でも……不思議と怖くない)

以前だったらもっと萎縮してしまっていただろう。エミリーの投げかける言葉ひとつひとつに傷ついて、俯いていたはずだ。

それなのに、今はどうだ。ちっとも痛くない。エミリーの言葉はフィオナの心に響かない。

「お姉さまのくせに……っ!」

思い通りにいかない苛立ちで、エミリーが表情を歪めた。

結局彼女は、フィオナが本当に公爵家の嫁におさまったことが気にくわないのだろう。ずっと虐げていたフィオナが、彼女が手に入れられるよりも遥《はる》かに高い身分の男性に娶られたことを許せるはずがない。

でも、怖くなんてない。だからけっして顔を背けない。

フィオナは背筋を伸ばして、しっかりエミリーと対峙《たいじ》する。

「なにかの間違いよ！　お姉さまが次期公爵さまと結婚だなんて……！　わたくしは心配して差し上げているのよ？　本来、公爵夫人だなんてお姉さまに務まるはずがないわ！　恥をかく前に、うちに戻ってくるべきでしょう？」

「間違いなどではないわ。旦那さまは、わたしを選んでくださった。だからわたしは旦那さまに心から尽くしたい」

どうせいつかは離縁する。それくらい理解している。せめてそれまでは彼の役に立ちたい。まだまだ自信はないけれど、セドリックの隣に立って恥ずかしくない女性でありたい。

だから今、フィオナは堂々としていたかった。

「今だって、お姉さまはおひとりじゃない。次期公爵さまに捨てられ――」

「それはないな」

と。雑踏の中、よく通る男性の声が聞こえてきて、ハッとする。決して大きな声ではないけれど、耳に響く深い声。それを聞いた瞬間、フィオナは泣きそうになった。

捨てられることなど、ない。

エミリーの言葉を遮るように否定してくれた。単に会話に割り込むための言葉でしかないかもしれない。それでも、彼の言葉はフィオナの心によく響いた。

声のした方を振り向くと、セドリックがいた。彼が助けに来てくれた。

夜空を溶かしたような艶やかな髪に、菫色の瞳。最近ではすっかり穏やかさを感じるようになった瞳が、今だけは冴《さ》え冴《ざ》えとしている。

「私がフィオナを捨てる？　――ありもしないことを吹聴するのはよしてもらおうか」

冷え切った声で放たれた言葉。誰もが恐怖しているけれど、フィオナだけはその言葉に救われた。胸がぐっと熱くなり、両手を握り込む。

「フィオナ、遅くなった。――すまない、君をひとりにしたせいで」

「いいえ、旦那さま」

ごく自然に腰を抱かれて、フィオナは瞬いた。

一瞬フィオナに向けられた優しい瞳。

エミリーの言葉などとっくにどこかに行ってしまった。こんな触れ方をされるのは初めてで、意識が一気にセドリックに奪われる。

ただ、セドリックに見とれてしまったのはフィオナだけではなかったらしい。

「あ……」

ふとエミリーに目を向けると、彼女は目を大きく見開いたまま硬直していた。

セドリックに冷たい言葉を投げかけられたにもかかわらず、彼女はセドリックを見つめたま――やがて、甘い吐息を吐く。

うっとりと目が細められ、赤く染まった頬に華奢な手を添える。

可憐な仕草でセドリックを見つめる彼女の瞳には、はっきりと恋の色が滲んでいた。

（そっか。噂は知っていても、お会いするのは初めてだったのね）

あれほど結婚を嫌がっていたけれど、本人を目の当たりにすると心変わりするのも仕方がないことだ。それほどまでにセドリックの美貌は圧倒的だから。

恋するエミリーの表情に、どこか気持ちが重くなる。

いつしかフィオナは、回してくれていたセドリックの手に己の手を重ねてしまっていたらしい。きゅっと力を込めて握ると、セドリックもますます強くフィオナを抱き寄せる。

一方のエミリーは、フィオナの様子などお構いなしにセドリックに微笑みかけた。

「セドリックさま、お目にかかれて光栄です。わたくし、エミリー・レリングと申します」

「いくら妻の生家の人間とはいえ、名前を呼ぶことを許したつもりなどないが」

セドリックの態度は頑なだった。

距離を詰めようとするエミリーを突っぱねて、冷ややかな目を向ける。

「っ、お気を悪くしたことは、謝罪いたしますわ。でも、わたくしはウォルフォードさまを心配して、お姉さまにお声がけしたのです」

「心配？　君に心配してもらういわれはないが」

「まあ、そんなこと仰らないで。ウォルフォードさまのことを想うがゆえですわ」

セドリックに突っぱねられるも、もともと社交性の高い彼女のこと。気持ちを切り替えて、真剣な様子で訴えかける。

「だって、ウォルフォードさまのご結婚は間違いだったのですもの。本当はわたくしが向かう予定だったところを、お姉さまが強引に――！」

瞬間、セドリックの表情が抜け落ちた。その変化すら気付かずにエミリーは続ける。

「お姉さまは昔からそうなのです。わたくしのものを奪ってばかりで。刺繍だってそう。わたくしの刺したものを勝手に取り上げて、売り払ったりして」

エミリーはさらに嘘を重ねていく。この機会に、数カ月前に流れた噂をフィオナのせいにしたいらしい。

「それは本当に君が？　わざわざ君のものを奪わずとも、フィオナは素晴らしい刺繍の腕を持っている。取り上げるなどありえない」

「え……っ⁉」

驚いたようにエミリーは顔を上げた。

瞬間、フィオナは悟る。正直なところ、なぜエミリーがすぐにわかる嘘などつくのだろうと疑問に思っていたのだ。なるほど彼女は、そもそもセドリックがフィオナの刺繍の腕を知っているなどと露ほども考えなかったのだろう。

エミリーにとって、刺繍は社交や金銭を得るための手段でしかない。公爵家でぬくぬく過ごしている今のフィオナが、趣味で刺繍を続けているなど微塵《みじん》も思わなかったらしい。

心から刺繍を愛し、針を刺す感覚など、彼女に理解できるはずもない。

「ほ、本当です。信じてください！　お姉さまは早くに両親を亡くしてまともな教育も受けていらっしゃらないの。公爵家でも迷惑をかけるに違いありません！　だからわたくしが――」

「君が、なんだ」

「お姉さまの代わりに――」

結婚するとでも言いたいのだろうか。

（エミリーはいつもそう）

フィオナの手柄をすべて自分のものにして。フィオナがちょっとでもいい目を見ようものなら、すべて奪って。今もまた、フィオナの位置に自分が成り代わろうと、考えなしに提案している。今まで、そのわがままが叶わなかったことなどなかったからこそ、大胆な提案ができているのだろうが。

「――実に、不愉快だな」

怒りを隠そうともせず、セドリックは言い放つ。

「フィオナが誰かのものを奪う？　そのようなことありえない。彼女は私が心配になるくらい、自分のものを誰かに分け与えてばかりだ。誠実で慈愛に満ちた彼女のことを、君はどこまで侮辱するつもりだ？」

「……っ」

「その上、両家の合意で結ばれた婚姻を、今さら君のわがままで覆そうとするなどと。勘違いをしてもらっては困る。私は相手がフィオナだったから、この婚姻を決めたのだ」

泣きたくなった。

彼の言葉が、あまりに嬉しかったから。

その言葉が本心であったらいいとさえ望んでしまい、愛しさと虚しさが同時に押し寄せる。

でも、ちゃんとわかっている。彼の言葉はこの場を収めるための嘘だということを。

（これは仮初めの婚姻――）

二年という短い間だけの偽りの関係。彼の想いが自分に向けられることなどありえない。その事実を、改めて自分に言い聞かせる。

「いくら妻の親族といえど、これは妻への侮辱だ。改めて、レリング伯爵家には抗議させてもらおう」

「な――!?」

エミリーは信じられないと目を見開き、わなないた。

そんな彼女を無視して、セドリックはフィオナを抱いたままその場を後にする。

少し早足だった。そんな彼の横顔を見つめると、見たこともない顔をしていた。

焦燥感に駆られたような。まるで、なにかを責めるような。

なんだか勘違いしてしまいそうで、フィオナの胸がひどく痛む。いよいよこの痛みから目を背けることなどできなくなってしまった。

ギュッと唇を噛みしめ、フィオナは心の中で囁いた。

(わたし、あなたが好きです――)

きっとこの先も、伝えることなどできない言葉だけど。

(とても、好きです)

あと一年半――たったそれだけしかない月日を想い、息を吐く。

(苦しい……)

彼への想いを秘めたまま、平気な顔をして暮らしていくのは。

耐えることは得意なはずなのに、今のフィオナにはあまりに難しい。


「すまなかった」

人通りのない裏道に入り、セドリックはぽつりと呟いた。

「君をひとりにするべきではなかった。この通りだ」

「っ、や、やめてください旦那さま！」

しっかりと頭を下げられてしまい、フィオナはぶんぶんと首を横に振る。

「少し運がなかったのです。まさかエミリーと会うだなんて」

「しかし、私がそばを離れなければ――」

彼は足を止め、絞り出すように声を出す。額に手を置いてから、ギュッと考え込むようにして押し黙る。表情に後悔を滲ませて、フィオナの肩を抱き寄せた。

「君が、無事でよかった」

絞り出すように呟くその言葉を聞いて、フィオナは唇を引き結んだ。

どうしようと思った。心臓が煩いくらい暴れている。彼の胸に顔を押しつけられる形で、こんなにも強く抱きしめられるだなんて。

（この気持ちがバレてはいけない）

彼との契約には、今までくらいの関係が丁度よかったはずだ。これ以上踏み込んではいけない。近付きたくなんてない。彼にも近付かないでほしい。

だって、このままでは離れられなくなってしまう。

「……っ」

これ以上気持ちが膨らむのが怖くて、フィオナはトンと彼の胸に手をついた。そうして少しだけ体を離し、掠れた声で呟いた。

「旦那さまが怒ってくれましたから、十分です」

「そうか――」

セドリックもそれ以上抱きしめようとはしなかった。一歩後ろに下がり、くしゃりと目を細める。

このまま向き合っていたくない。だから迷った末、フィオナはゆっくりと歩きはじめた。

「エミリーは、いつもあのように、わたしのものを奪おうとするのです」

ぽつりぽつりと話しながら、通りを並んで歩いていく。

目的地などない。ただ、今は彼と話がしたかった。

「昔からずっとそうでした。両親が身罷り、わたしは叔父の一家に保護される形で、すべてを奪われました」

セドリックはそれも知っているのだろう。こくりと静かに頷き、耳を傾けてくれる。

「伯爵という身分だけでなく、家も、お金も、両親の形見のすべてを。わたしは自分の部屋も取り上げられて、離れの物置に押し込められました」

まともな教育も受けさせてもらえず、召使いのようにこき使われてきたこと。

エミリーがフィオナの刺繍を取り上げて、自分の手柄にしながら、それを社交に用いていたこと。

そしてフィオナも、それを見て見ぬふりをして、耐える選択をしてきたこと。

「わたしが、隠れて刺繍を売っていたことは本当です。——お金が、欲しくて。わたしは、なにも持っていませんでしたから」

正しい理由は話さなかった。いずれ公爵家を出る際に、平民として生きるつもりだと知られたくなかったから。

「金が……」

契約した時のことを思い出したのだろう。彼に二年を捧げる代わりに、フィオナは金銭を要求した。その理由に納得したのか、彼は息を吐く。

「ふふっ、実は旦那さまが長くお使いになっていたあの枕カバー。昔、わたしが作ったものだったんですよ？」

さりげなく白状すると、セドリックがひゅっと息を呑んだ。

それから深く――深く息を吐き、そうだったのかとこぼす。

「わたしはまともな教育も受けていませんし、貴族の令嬢として育ってもいません。本来――」

言葉を言い淀み、足を止める。その事実を受け入れるのは、やっぱり重いから。

なんの憂いもなく、セドリックと向き合える生き方ができていればどれだけよかっただろう。

でも、そもそもフィオナにはそんな権利はない。彼の隣にいるべきなのは自分ではない。それもちゃんとわかっている。

だから真っ直《す》ぐ前を向いて、フィオナは伝えた。

「旦那さまには相応しくない娘なのです」

セドリックの表情が強張った。

そんな彼に向かって、無理やり笑顔を作る。

「でも。そうやって卑屈になるのは、もうやめにします」

そして背筋を伸ばして、はっきりと告げた。

これはフィオナの覚悟だ。同時に、わがままでもある。

（大丈夫。わかっている。ちゃんとわきまえている。だからお願い、旦那さま）

二年。いや、もう一年半だ。

（ちゃんと、さよならしますから。だから――）

どうか許してと、希う。

「わたし、旦那さまに相応しい人間になれるように、きちんと背筋を伸ばすことからはじめようと思います」

胸の奥に燻《くすぶ》る感情はしっかり閉じ込める。そのうえで、前に進みたい。

「フィオナ」

菫色の瞳がふるりと震え、彼は唾を飲み込んだ。

ギュッと、彼が拳を握りしめている。ぶるぶると震えるその手を取れたらどんなにいいか。

「あなたとの約束は守ります。全部」

フィオナは宣言した。

はっきりとした言葉にはできないけれど、こう言えば彼にも伝わるはず。

「だから、それまでは。おそばに置いてください」

そう、あと一年半。彼の仮初めの妻を務めたら、ちゃんと彼のもとを去る。それを自分に言い聞かせるための宣言でもあった。

「……っ！」

瞬間、彼がわなないた。がしりと両肩を掴まれる。

「君は、もし私が――」

その苦しそうな表情。きっと彼はフィオナの過去に胸を痛めてくれたのだろう。それが嬉しくもあり、申し訳なくもあった。

なにかを言いかけながらも、言葉に詰まる彼の腕の中からそっと抜け出す。これ以上、彼に言葉を続けさせてはいけないと直感が働いたからだ。

そしてフィオナはごまかすように、さらりと話題を変えた。

「そういえば旦那さま、出店はどうでしたか？　旦那さまのお眼鏡にかなうお店は、あったのですか？」

あえてからかうような声色で訊ねてみる。

セドリックが目を見張った。フィオナの方から話を打ち切ったことに、彼も気付いたのだろう。傷ついたような顔をしながら、なにかを言いたそうに口を開け閉めしている。

「そうか。そうだな」

俯いたまま、ぼそぼそと呟いてからしばらく。

「――私も、君との約束は守る。全部」

あえてフィオナと同じ言葉を選んでくれたのだろう。

今は約束という言葉が重たく感じるけれど、きっと彼の責任感の表れだ。そうして真剣な顔をしながら、彼はポケットの中からなにかを取り出した。

「だが。せめてこれは、受け取ってくれないか」

そうして取り出されたものを見た瞬間、フィオナの心臓が大きく跳ねた。

それは美しいビロードケースだった。深みのある臙脂《えんじ》の箱は、どう見ても出店の食べ物などではない。

「旦那さま、これは？」

フィオナをベンチで休ませていた間、彼がどこに向かっていたのか。それを正確に理解して、心の奥が大きく揺れた。

「よかれと思って離れた隙に、あんなことになってはな。君に贈る資格はないかとも思ったが……」

ぱかりとその箱が開けられ、現れたものに息を呑む。

「君の覚悟に、少しは報いることができるだろうか」

あの、カメオのブローチだ。臙脂の台座の上にそっと置かれた上品な白。素材の風合いか、背景の淡い赤茶色がとても優しい。そこにくっきりと浮かび上がる娘の横顔。ハッとするほど繊細な彫りは、その独特の風合いもあって柔らかく、大変優美だ。

「君は遠慮するとも思ったんだ。だが、ジッと見ていただろう？」

「それは」

途中立ち寄った宝飾店にあった他の宝石と比べると、地味な印象にも思えるものだった。でも、その優雅で上品で、職人のこだわりを感じる意匠に、フィオナは釘づけになった。

「君の話を聞いて、いてもたってもいられなくなった」

「わざわざ買いに戻ってくださったのですか？」

「……君の母君の形見そのものではないし。どうかとも思ったのだが」

セドリックなりの葛藤もあったようで、もごもごと言い淀んでいる。

「この石の風合いは、君にもよく似合うと思うし。せめて、これを。君のそばに置いていてほしい」

「旦那さま……？」

差し出す彼の手がわずかに震えている。

ふと、記憶の奥の母の言葉が聞こえた気がした。

『いつか、あなたが似合うようになったら、とびっきり素敵なブローチを贈るわね』

今日一日、彼には心尽くしの贈り物をもらっている。たくさんの物を買い与えられたけれど、今、彼が手に持っているものが、よりいっそうフィオナの心に響いていく。

（お母さま……！）

ついぞ母から渡されることはなかったけれど、大好きな人が贈ってくれた。大人になった今のフィオナに似合うと、そんな言葉まで添えてくれて。

「つけてくださいますか？」

心がいっぱいになって、掠れた声でそう告げた。

「ああ、もちろん」

セドリックはくしゃりと笑って、フィオナの胸元に手を伸ばす。淡いオレンジの上品なドレスに、そのブローチはよく馴染んだ。

「……綺麗だ」

「ふふっ」

眩しいものを見るような眼差《まなざ》しを向けられると、なんとも面映ゆくなってしまう。

エミリーと出会った恐怖なんてどこかへ行ってしまった。

胸がいっぱいになって、フィオナは頬を染める。

「こんなブローチが、似合うようになったんですね」

ぽろりと気持ちがこぼれ、言葉となった。

かつて母が思い浮かべていたような、素敵な女性になれているだろうか。

「ありがとうございます、旦那さま。こんな素敵な贈り物をいただいてしまって、わたし――」

そっとそのブローチに手を触れて、目を伏せる。懐かしさと喜びでいっぱいで、うまく言葉にできない。宝物にします、という言葉は、掠れて彼に聞こえたかどうか。

難しい顔をしていたセドリックの表情が緩んだから、きっと想いは伝わったのだと思う。

（いつか、さよならをした時も、これだけはいただいたままでもいいかしら）

そうしたら、少しは寂しさも紛れるはずだから。

＊

『あなたとの約束は守ります。全部』

決意を宿した目で、はっきりと告げたフィオナの言葉が忘れられない。

フィオナと過ごしたたった一日の逢瀬。甘さも苦さも含んだ彼女との時間は、セドリックの心の中にたくさんの感情を与えてくれた。

フィオナと過ごした翌日、城の回廊を歩きながら、セドリックは心の奥に沈む感情を持て余していた。

（二年）

彼女と交わした契約が、今になって重くのしかかる。

（二年経ったら、彼女は――）

正確には、もう一年半。たったそれだけしか彼女と過ごす時間は得られない。考えるだけでどうにかなってしまいそうだ。

彼女はセドリックに多くのものを与えてくれた。安らぎも、優しさも、愛おしさも、全部。

(私は、幸せになってはいけないのに――)

がむしゃらに彼女を抱きしめてしまいたくなるほどの衝動すら、今のセドリックは抱えてしまっている。

別れた後も、気持ちだけは彼女のそばにありたい。そう願ってカメオのブローチを渡した。

彼女は純粋に喜んでくれたが、余計に苦しくなるばかりだ。

(愛されることを期待しないでほしいなど、よく言えたものだな……)

かつての自分の傲慢さに、自嘲する。

後悔ばかりの人生だった。

それなのに、フィオナと出会ってから確実になにかが変わった。セドリックばかりが溢れんばかりの幸福を与えられている。だからこそ、余計に後悔が大きくなる。

(今さらになって、ようやく気付くとはな)

セドリックは全然わかっていなかった。

フィオナが過去に置かれた環境のことも、彼女の抱える哀惜の気持ちも。

(なにが貴族にはよくあること、だ……!)

跡取りでない中途半端に血の繋がった親族など、厄介でしかない。だからフィオナの置かれていた環境も、さして珍しいものではないと捨て置いた。

(フィオナが、あの忌々しい一族のせいで、つぶされていたかもしれなかったのに)

彼女が公爵家へやってきてくれたのは奇跡だ。

セドリックにとっては運がよかっただけ。一歩間違えれば彼女に出会うことすらできず、優しい彼女はいまだにあの家に押し込められ、苦しめられていたかもしれない。

フィオナを娶ってからも、厄介事を避けられたらそれでいいと、彼女の実家には最低限の干渉しかしなかった。適当に金銭を与え、餌をちらつかせつつ利用しようとすらしていたのに――。

(くそっ……！)

今は深い憎しみさえ宿っている。

フィオナを虐げたかの家と、なにもわかっていなかった自分自身に。

自分自身への苛立ちをどうすることもできないまま、セドリックはひたすら歩く。

今から王太子であるオズワルドと顔を合わせる。それまでには気持ちを落ちつけなければと思うのに、うまくいかない。

そうしてとうとうオズワルドの執務室前に到着してしまった。

セドリックの纏う寒々とした空気に、見張りの者たちが尻込みしている。それでも通さないわけにはいかないため、部屋の中の人間にひと言ふた言確認を取ってから、セドリックを室内に招き入れた。

「お、来たな。お前、昨日のデートは——って、なんて顔をしているんだ」

開口一番、オズワルドは頬を引きつらせる。彼のそばに控えていたアランもまた、あちゃあ！と声に出して表情を歪めた。

「——とにかく、話を聞こうか」

見ていられないと言わんばかりに、早々にいつもの談話用のソファーの方へ通された。導かれるまま、セドリックも大人しく腰かける。

「で？」

と、非常に端的に訊ねられる。

「…………」

どうせ、話さないことには解放されることもないのだろう。

オズワルドの表情の半分は興味で、半分はセドリックに対する心配だ。アランの方は九割方興味だろうが、それでもいい。どのみちアランには聞かなければいけないこともあるのだ。

覚悟を決めて、セドリックは昨日起こった出来事を報告した。

エミリーがフィオナに偶然接触したこと。エミリーのフィオナに対する態度は想像以上に悪辣で、平気でフィオナを貶めようとしていたこと。

フィオナはレリング伯爵家で虐げられていただけでなく、フィオナの刺繍をさも自分の手柄のようにして、エミリーが利用し続けていたということ。

「随分今さらじゃないか。お前、フィオナが虐げられていたことくらいとっくに気付いていただろう?」

「ええ」

そんなの、気付かないはずがない。でも、知っていることと理解していることは違う。セドリックは本当に、これっぽっちも理解できていなかったのだ。

表情をくしゃくしゃにして膝の上で両手を強く握りしめる。

自分が情けなくて仕方がない。

呻《うめ》くような声が漏れたところで、正面に座っているオズワルドがわざとらしく肩を竦めた。

「まあ、いい傾向なんじゃないか。ウォルフォードに人の心を取り戻させるだなんて、フィオナはたいした娘だな」

「ぱっと見、気弱そうなのにねえ。セドさんの方がすっかり依存しちゃって!」

「それは……」

ふたりに好き勝手言われ、ふいと視線を横に向ける。

「そう、だが……」

認めた瞬間、ふたりが手を打ってどっと笑った。

「散々文句を言っていたが、母上に感謝せねばなるまいな、ウォルフォード」

オズワルドの言葉は正しい。

あくまで偶然が重なったとはいえ、王妃が手を回さなければこの幸福はなかっただろう。

同時に胸の奥が重たくもなる。

セドリック自身が、どれほど彼女に不義理をしているのか、と。これは二年限定の婚姻だ。

利用するだけ利用して、その後、セドリックは彼女を放り出すのだ。

「…………」

「どうした、ウォルフォード」

つい黙り込んでしまい、オズワルドが怪訝な顔をする。

(――正直、言いたくはない)

でも、わかっている。明らかにしなければいけないことが、ひとつある。

「アラン」

「ん？　僕？」

まさか話を振られると思っていなかったのか、アランが自分自身を指さしている。そして興味深そうにこちらに顔を向けてきた。

そんな彼に向かって、セドリックは一枚のハンカチーフを差し出した。そこにはウォルフォード公爵家の紋章にもある菫の花が、刺繍によって見事に咲き誇っている。

「わ。すごい細かさだねえ……」

驚くアランに向かって、そのハンカチーフを手に取るように告げる。

奇妙そうな顔をしながら、アランはそれを受け取った。

「アランの魔道具で、私は魔力を封印されている。その弊害で睡眠や食事に支障が出ていることは当然知っているよな？」

今さらながらの確認に、アランは小首を傾げている。

「――なに？　セドさん、とうとう指輪、外す気になったの？」

その言葉にオズワルドまでもが興味深そうに片眉を上げている。

過去に散々押し問答をしてきた結果、ここ数年、彼らはセドリックの指輪について言及することがなくなっていた。指輪のせいでセドリックが苦しんでいることもきちんと理解した上で、セドリックの意志を尊重してくれていたのだ。

もちろん、外せるなら外した方がいいとも考えているのだろうが。

「いや。殿下の近くに控える身、万が一があってはいけない。だから、今はまだ――」

かつて。特別な魔法の才能が開花したセドリックは、その身に宿った魔力の制御を誤った。暴発した魔力が傷つけたのは、大切な弟だった。

同じ事故は二度と起こさない。そう誓ったセドリックが指輪を外すことなどない。

「ただ。フィオナを娶ってから――正確には、彼女の刺繍を身につけるようになってから、私の体調はすこぶるよくなっている。夜は望むだけ眠れ、彼女が作った料理ならその味を正しく感じられるほどに」

ふたりの顔色が変わった。そんな彼らに、セドリックは大きく頷いてみせる。

「初めは、単なる気の持ちようかとも思った。らしくはないが、彼女に接する時だけ、ありえないことが起こるから。その——つまり、私が、彼女に——」

言い淀むと、ふたりが期待に満ちた目でこちらを見てくる。

からかわれることなどわかっていた。けれど、この想いをごまかすことなどできない。

「彼女自身に、安らぎを見出しているからだと。らしくもなく、気持ちの変化が私の体調に作用しているのかと。だが——」

「違った、と」

真剣な面持ちのオズワルドに向かって、セドリックは大きく頷いた。

「ええ。気の持ちようだと考えるには無理があります。それに、彼女の刺繍は、どうやら彼女と出会う前から私に変化を及ぼしていました」

「というのは？」

オズワルドがごくりと唾を呑む。

あまりに荒唐無稽すぎて、今までは家の外で話す気など起きなかった。

たかが、枕カバー一枚。それが、これまでセドリックを支えてくれていたなど。

「——かつて、私の睡眠を改善してくれたものがあったのです」

セドリックはとつとつと話していく。

侍女長がたまたま手に入れてきた枕カバーを使用しはじめてから一年ほど、セドリックは驚くほどたっぷり眠ることができたと。そしてそれが、実はフィオナが刺繍して売りに出していたものだったと。

「私はひとつの仮説を立てました。フィオナは――もしかしたら、癒やしの力を持つ女魔法使いなのではないかと」

「なんだって⁉」

「嘘でしょ⁉」

ふたりの驚きは、先ほどの比ではなかった。

それもそうだろう。魔力自体は誰もが持ち合わせており、人間の体には必要不可欠なものだが、魔法を行使できるほどの魔力量を持つ人間は数万人にひとりと言われている。

ただ、どういった理屈か、魔法使いと呼ばれる人間のほとんどは男。女の魔法使いはさらに稀少で、この国では二百年以上遡らなければ、その存在を確認できない。

「それはまた……本当だとすれば、とんでもないな」

「だから、その刺繍をアランに渡しました。魔力を封印している私ではわからないですが、七芒アラン・ノルブライトなら、と」

「あー……これは、責任重大だなあ」

と言いつつ、アランは肩を竦める。

「なんて。——いや、うん、まあ。君からこれを受け取った瞬間からね？　僕も、そうなんじゃないかなあって感じてたんだけどさあ」

難しい顔をしながら、アランは刺繍に触れた。

「これはすごい。こんな清浄な魔力、感じたことないよ」

その言葉に、セドリックはギュッと目を閉じた。納得するとともに、諦念《ていねん》に近い感情を抱く。

わかっていた。自ら感づき、アランに診断を頼んだが、こうも言い切られては認めるしかない。彼女が与えてくれた救いに感謝すると同時に、ひどく胸が痛くなる。

「魔力量は本人を確かめないことにはわからないけど、質がねえ。信じられないほど混じりけのない白い魔力だ」

「そうか。やはり——」

セドリックは目を伏せ、深く息を吐く。

溜め込んだ苦い想いも、このため息とともに全部出ていってしまえばいいのに。

表情を読まれぬように目元を押さえながら、言葉を続ける。

「そうではないかと、ずっと。一時期、エミリー・レリングの刺繍を手に入れようと、中級貴族あたりが賑わっていたことがありましたよね。刺繍の見事さはさることながら、その刺繍を手に入れると幸せになれるとか」

「ああ——」

なるほど、とオズワルドが頷く。

「そうか。フィオナの魔力が込められていたせいか」

「おそらく」

セドリックも頷くと、いまだに刺繍に触れたまま、アランが肩を落としている。

「この魔力、魔法省に欲しいなあ。でも――女魔法使いってことは、うーん。セドさん、結婚してでよかったって言うべきか、なんというか、あー……」

なんとも歯切れが悪いのは、とある理由によるものだろう。

女魔法使いは、ただ存在が稀少というだけではない。過去の記録が確かであれば、女魔法使いにしかない特性がある。

――確実に、その魔力を子供に遺伝させられるのだ。

ゆえに歴史上、女魔法使いのほとんどが生国の王族や権力者に娶られている。あるいはその身を誘拐され、他国に売られるような悲惨な出来事もある。

（魔法使いとして目覚めるのは、成長期の頃。体の成長の早い女性なら、十歳前後から開花していた可能性があるな。――彼女の両親は知らなかったのか？）

実際、親でも自分の子が魔法使いであることに気が付くのは難しい。いくら貴族といっても、基本的に魔法は馴染みのないものだからだ。地方の貴族であればなおさら。

そのために、魔法省の人間は定期的に地方へ赴き、子供たちに魔法を披露するようにしている。幼い頃から魔法という存在に触れさせることで、才能が開花した際、自ら気付けるようにするためだ。

（彼女の才能に、叔父一家が気付いていなかったのは僥倖《ぎょうこう》と言えたかもしれないが……）

だからなんだと、セドリックは思う。

どのみち、彼女を護ってあげられるのは自分ではないのに。

「殿下、私には契約があります」

いつかフィオナと離縁する。その後、彼女はどうするつもりだったのだろう。

彼女はセドリックに金銭を要求した。貴族の女性ならば実家に戻るのが一般的だが、彼女の環境からして、それを望んでいないことはよくわかる。

（それとなく、彼女が穏やかに暮らせる環境を用意するつもりではいたが）

彼女には抱えきれないくらいの恩義がある。離縁したとて、完全に繋がりを断つつもりはなく、セドリックなりに援助していく予定だった。

（でも――）

稀少な女魔法使いだ。彼女の能力が世間に知れたらどうなるか。

セドリックと離縁した後、彼女の秘密は保たれるだろうか。――いや、どう考えてもそれは難しい。

レリング伯爵家で暮らしていた頃とは状況が異なる。セドリックのもとから離れた彼女の正体を嗅ぎつける人間はいるだろう。そうなれば、彼女を利用しようとする輩は後を絶たないはず。なによりも可能性を考えねばならないのが――。

「だから、どうか、殿下」

目の前の彼だ。

リンディスタ王国王太子オズワルド・アシュヴィントン・リンディスタ。

魔法使いを産むことができる彼女を、王家の妃へと望む声は確実にあがるだろう。伯爵家の出であり、再婚ともなれば、側妃になるのが順当だろうが。

「――フィオナを、よろしくお願い申し上げます」

でも、オズワルドならばとも思う。

他の男であればいくらでもあら探しをしてしまうが、彼ならば。

フィオナは再婚相手を探さなくていいと言ったけれど、放り出すわけにはいかない。そんな危険なこと、できるはずがないのだ。それならば、せめて一番信頼できる男に預けたい。

「ウォルフォード、本気か？」

「はい。きっと――」

ギュッと両手の拳を握りしめる。爪がくい込むほどに、強く。

「きっと。私などが相手よりも、彼女は幸せになれるはずです」

そう言ってセドリックは頭を下げる。

彼の手のひらにはわずかに血が滲んでいた。

＊

その日、セドリックは随分早く帰宅してきた。

セドリックが無理せず過ごすことは喜ばしく、フィオナはいそいそと彼を出迎えに行った。

「フィオナ、少し話がある」

妙に真剣な様子で話しかけられ、フィオナは瞬く。いったいなんだろうと思いつつ、彼の切実そうな表情に自然と背筋が伸びる。

そうして連れてこられたのはセドリックの私室だった。

彼と過ごす時は居間を使ってばかりで、彼の私室に足を踏み入れるのは初めてである。

フィオナの部屋とは異なり、品がありながらも重厚な雰囲気のある家具が並ぶ部屋だった。

興味深く見回していると、セドリックに手を取られる。そうしてセドリックに導かれるまま、ソファーに腰をかけたところで、改めて両手を握られた。

すぐ隣にセドリックがいる。

上半身を横に向け、彼と向き合う形で目を合わせる。

彼は眉根を寄せ、苦しくてたまらないといった表情を隠そうともしない。

（いったいなんの話かしら）

セドリックがあまりに苦しそうで、心配になってしまう。

だからフィオナは彼の両手を包むように握り直した。

「旦那さま？　大丈夫です。ゆっくりお話しください」

おそらく、フィオナにとっては嬉しくない話なのだろう。

彼はとても優しくて、いつもフィオナに心を砕いてくれる。フィオナが傷つくことを見越しているからこそ、話しにくそうにしているのだと思われる。

「フィオナ。君にとても大事な話をする。よく聞いてくれ」

「はい」

緊張してしまっているのだろう。フィオナの手にも、自然と力が籠《こ》もる。でも、逃げることはできない。一度目を閉じて唾を飲み込み、覚悟を決めた後、彼の瞳を見つめ直した。

「君には特別な力が備わっている。――君は、我が国で数百年ぶりに現れた女性の魔法使いだ」

「へ？」

「君には、魔法の力があるんだ、フィオナ」

予想だにしなかった話で、フィオナはピタリと固まった。普段から大らかで、どんなことにもあまり動じない性質だが、さすがに話が頭に入ってこない。

現実味がなくて馬鹿みたいに硬直したまま、フィオナはぽつりと呟く。

「魔法使いって、あの魔法使い、ですか？」

「そうだ。それも非常に質の高い、白い魔力の持ち主だとアランが言っていた」

「ノルブライトさまが？」

魔法省でも有数の魔法使いである彼が言うならば、おそらく真実なのだろう。でも、にわかには信じがたく、どう受け止めていいのかわからない。

「わたしが……」

実感が湧かず、胸の前で両方の手のひらを広げた。それから握ったり開いたりを繰り返す。

魔法使いと言えば、なにもないところに水や炎を発生させたり、物を浮かせたりするあれだ。でも、自分がそんなことをする姿がとんと想像できない。

「なにかの間違い、ということは？」

「いや、それはない」

セドリックはごく真剣な表情で、説明してくれた。

「君の刺繍。いや、それだけではないな。おそらく料理にも、君の魔力が溶けこんでいたのだろう」

「溶け込む？」

「ああ。君の魔力には、癒やしの力が備わっているらしい」

（癒やしの力――）

そこまで話を聞いて、ようやく思いあたるところがあった。

だって、昔から大勢の人がフィオナにそのような言葉をくれていたから。刺繍に触れていると癒やされる、穏やかな気持ちになると、両親も褒めてくれていた。

フィオナはそれが誇らしくて、祈りを込めてひと針ひと針、大切に縫ってきたのだ。そうして込めた祈りは本物だったらしい。

「君は、私が睡眠や食事に難を抱えていることに気が付いていただろう？」

「……はい。なんとなくですが」

「実は私も魔法使いでな」

「え？」

さらりと明かされた事実に、フィオナは瞬いた。だって、彼はそんなそぶりを一度も見せなかった。契約魔法を結んだ際も、わざわざアランの魔力を借りていなかっただろうか。

困惑するフィオナに向かって、セドリックは大きく頷いた。

「諸事情で魔力を封印している。――この指輪で」

そう言って彼は、己の左手をかざしてみせる。

瞬間、フィオナの心が大きく軋んだ。

だって、その指輪は彼の恋人と揃いのものではなかったのか。

「その指輪で？」

「そうだ」

「……それじゃあ、あの噂は」

頭の中が真っ白になった。胸の奥がズキズキと痛む。でも、その痛みをどうすることもできなくて、フィオナは俯いた。

(――ううん、薄々、気が付いてた)

彼にそんな存在はいないのではないかと。彼と日々を過ごす中で、恋人の存在をついぞ感じられなかったから。だからといって、その事実をどう受け止めていいのかわからない。

大きな抑止力だった。

指輪の向こうに大切な誰かがいると思って――いや、思い込もうとした。わきまえなければいけないと、どんなに苦しくても、つらくても。何度も自分に言い聞かせてきたのだ。

今さらそのような相手がいないと知らされたところで、もっと苦しくなるだけだ。

(どうせ、旦那さまには近付けないもの)

これは期間限定の婚姻だ。愛だの恋だの期待してはいけない。そんなこと、ちゃんとわかっているのに。

「フィオナ」

名前を呼ばれてハッとした。顔を上げると、真剣な表情のセドリックと目が合う。

「もっと早く話しておくべきだった。世間で言われているような相手など、私にはいない」

「……そう、なのですね」

それ以上の言葉が出てこなくて、ギュッと唇を引き結ぶ。

「君だけには、誤解されたくなかった」

掴んだ手に力が込められた。

菫色の瞳が揺れている。その瞳の奥に熱を感じて、フィオナの胸はますます痛んだ。

（そんなこと、仰らないでください）

セドリックは本当にひどい人だ。彼との間に未来などあるはずがないのに、期待させるような言葉を言うだなんて。

フィオナは目を閉じ、深く呼吸をした。もう気持ちに蓋をすることなんてできない。だから、この痛みは全部受け止めなければいけない。

フィオナは覚悟を決めて、それからもう一度セドリックに向き直る。

「……続けてください」

そうして促すと、彼もしっかりと頷いた。

「誰しも体内のどこかに、魔力核と呼ばれるものを持っている。そこを介して、体内の魔力を体外に放出する。私の場合はここだった」

左手の薬指だ。

（そっか。だからその場所に指輪をしていたのね……）

理解すると同時に、どうしてという想いも湧き出してくる。魔力に恵まれるというのは大きな才能だ。わざわざそれを封印するだなんて、どれほど大きな事情があるというのだろう。

「君もきっと、どちらかの手に魔力核が宿っているのではないかな。私の予想では、針を持つ右手のいずれかの指にでも」

そう話を振られるも、今、フィオナに自身のことを考える余裕はなかった。

フィオナの視線は、彼の魔力を封印しているという古い指輪に注がれたままだ。

淡く光る石に触れて目を閉じる。ぐるぐると、なにかが揺れるような不思議な感覚があった。

封印しているという言葉の意味を肌で感じ取り、息を吞む。

「……どうして」

ずっとこのようなものをはめていては、苦しいだろう。まるで自分の体内がかき混ぜられるような感じがして、手を引っ込めたくなるほどだ。

でも、きっとセドリックは自分の意志でこれを身につけている。それに伴う噂を訂正することもなく、すべてを甘んじて受け入れていた。

フィオナは今、その理由を知りたかった。

「聞かせてください。なぜ、このような指輪を?」

「十年前。まだ私が学生だった頃の話だ」

「……はい」

「私は少し、体の成長が遅くてな。魔法使いの素養が開花するのは、成長期前後だと言われているが、私の場合は十四の頃だった」

成長期と言われてハッとする。フィオナの成長期は早かった。まだ両親が生きていた頃にはもう、魔力に目覚めていたのかもしれない。

そうか、と思った。思い返せば、確かにそのような節はあった。彼らはフィオナの刺繍をしきりに褒めて、その才能を伸ばそうと背中を押してくれていた。

(気付いていたんだ)

その上でフィオナの成長を待っていてくれたのかもしれない。その事実をフィオナが受け止められるようになるまで。――ついぞ、両親の口から聞くことはなかったけれど。

フィオナが落ち着くのを待ってから、セドリックもぽつぽつと続けていく。

「私の能力開花は少し遅くてね。突然大きな魔力が宿って戸惑いはしたが――昂揚もしたよ」

そうして話してくれるセドリックに目を向ける。

「私は傲慢な人間だ。次期公爵という立場になるために、そして殿下の隣にいるのに相応しい人間であるためにも、魔法使いになれるほどの魔力の素養は利用できると思った」

彼は自分のことを傲慢などと言うが、フィオナはちっともそう思わない。

懐かしそうに語る彼の目はどこか優しく、寂しかった。

「友人にアランがいたのも大きかったな。彼は当時からすでに魔法使いとしての能力を開花させていた。早くから魔法省に入り浸っていたから、身近な彼にあれやこれやと教えてもらった」

セドリックの学生時代は、充実したものだったらしい。

当時はセドリックも感受性豊かで、行動力のあったオズワルドとアランに引っ張られ、大勢の仲間に恵まれた学生時代を過ごしていた。オズワルドに振り回されていること自体は今も同じだが、昔はそのたびに焦ったり怒ったりしていたと。

散々口論してオズワルドを言い負かしては得意になったり、実は恋多きアランの恋愛相談を受けたりと、どこにでもいる平凡な学生としての日常を楽しんでいたのだとか。

でもそれが、ある日を境に一変した。

「学園祭があってな。両親はなかなかに過保護なところがあって、欠かさず参観に来ていたよ。年の離れた弟のライナスも、私に懐いていてくれていてね。揃って遊びに来てくれた」

公爵家の人間ともなると、たかが学園祭の参観であっても挨拶にやってくる者が絶えなかったのだという。同時に、悪意を持って近付いてくる者も。

「今思えば、私を陥れるための策略だったのだろう。好奇心旺盛なライナスが両親から離れた瞬間を狙われた。学園の生徒に話しかけさせて、油断したところを連れ去ろうとしたのさ。未熟だった私はライナスを助けようとして――魔法を暴発させた」

「暴発……」

「そういう罠《わな》だった。私が魔力を放出しようとした瞬間、それを強く引き出す魔道具が使用された」

「魔道具？　相手も魔法使いだったのですか？」

「魔力さえ正しく込められていれば、一般人でも発動できる。まあ、そのような品、滅多に出回るものでもないから、出所はすぐに割れたが」

セドリックの眉間に皺が寄る。

「私の力が気にくわなかった上級生の仕業だった。とはいえ、その生徒も魔法使いでね。学園に、アラン以外の魔法使いが現れたことにひどく焦っていたようだ」

「そんな……」

魔法使いというのは、その才能を持って生まれただけで特別な存在だ。

公爵家の出で優秀だったセドリックがさらに魔法の才能まで開花させたとなると、おもしろくなかったのだろう。

「だが、それくらいの事態、事前に予測して回避せねばならなかった。私が、至らなかった」

セドリックの表情が強張る。

「そう、傲慢で愚かだったのだ。まだ魔力の扱いに慣れていなかった私は、自分の魔力を制御しきれず——」

声が、沈んだ。痛くて仕方がないとばかりに、ギュッと眉根を寄せる。

彼の手は指先まで冷たく凍えており、フィオナはそれを優しく包み込んだ。瞬間、彼の菫色の瞳がふるりと震える。そうして、彼は絞り出すようにして告白した。

「ライナスを、傷つけた。正しくはライナスの魔力核を」

「魔力核を？」

「ああ、そうだ」

セドリックは魔力核を封印して、ずっと体調を崩していた。

――ということは。

「そのことによって引き起こされたのが、成長阻害だ」

「成長、阻害……？」

セドリックは目を伏せ、重々しく呟いた。

「あれから十年。ライナスは今年で十六になるのだが――いまだに、見た目はせいぜい十歳程度にしか育っていない」

「治療は……？」

「体の損傷とはわけが違う。治療したところで、治るものでもない」

「そんな」

「慢心のせいで――私は、ライナスの未来を奪ったんだ」

ああ、とフィオナは思った。

全部わかってしまった。

彼が頑なに指輪を外さない理由も。彼が弟に爵位を譲りたがっている理由も。

（――贖罪《しょくざい》だ）

彼は悔いている。

そして同時に、もう二度と魔力を暴走させまいとする強い意志を持っている。

魔力の正しい扱いを身につける以前に、万が一すら起こさぬようにと、彼は魔力自体を捨てることにした。その結果、自分自身がどれほど苦しむことになろうとも。

「もう二度と、私は自分の大切な者を傷つけない。家族も、友人も、誰ひとり」

「そのために、ご自分は苦しんでもいいと？」

「ああ」

淀みない返事にフィオナの胸が軋んだ。悲しいからじゃない。悔しいからだ。

（旦那さまがそんな事情を抱えているなんて気付かず、ちっぽけな嫉妬をして……）

なんと情けないのだろう。

胸の奥は痛んだまま。これ以上近付けば、きっと、もっと痛い。

でも、フィオナは決意した。

（わたしの役割、見つけた）

セドリックはフィオナに、多くのものを与えてくれた。

彼は自分を省みない。自己犠牲を厭《いと》わず、周囲に与えるばかり。

(ずっと、心が凍りついていたんだわ)

まともに眠れず、食事だって楽しめず、この十年、罪を償うことだけを考えて生きてきた。彼が強い人間であることは知っている。でも、そんな生活を続けていれば、いずれ体も心も疲弊しきってしまう。

きっと、セドリックに幸せになってもらいたい人間は多いはず。彼が周囲の人間に恵まれていることは確かで――でも、彼が頑なにそれを受け入れようとしないのは、彼の心にその余裕がないからだ。

(こんな方法で旦那さまが贖罪をしようとして、ライナスさまが喜ぶとでも?)

いや、ライナスだけではない。彼の両親や友人であるオズワルドにアラン、この家の使用人たち――それにフィオナだって。

(もういいって言って止めたい。健やかな生活を続けてほしい。本当はその指輪を外してほしい。別の償いを考えてほしい)

でも、その想いは簡単に届かないから。

「旦那さま」

フィオナはそっと、セドリックに寄り添った。

手袋を脱いで、素手で彼の手を握る。フィオナ自身、魔法の使い方なんてちっともわからない。ただ、フィオナの祈りが届くのであれば、いくらでも届けたい。

「旦那さまの事情はわかりました。後悔も、償いも」

びくりと、セドリックが大きく震えたのがわかった。

「償いましょう。旦那さまの気が済むまで、ちゃんと。だから、わたしにも一緒に償わせてください」

「そんな――！」

「仮初めでも、わたしたち夫婦ではありませんか」

フィオナの声も震えた。

夫婦という言葉を使うのが、こんなにも苦しいだなんて知らなかったから。

それでも、セドリックが前に進むためなら、どんな痛みだって受け入れよう。

「……っ」

セドリックが息を呑む。

菫色の瞳がいっぱいに見開かれ、ギュッと唇を噛んでいる。薄い唇。それが傷ついてしまうのが痛ましくて、フィオナは彼の唇に指先を伸ばす。

そうしてゆっくりとなぞると、セドリックは菫色の瞳を大きく揺らした。

「償いはライナスさまが納得できる形で行うべきです。旦那さまが無理を重ねても、ライナスさまは納得してくださらないと、わたしは思います」

「それは――」

セドリックが眉根を寄せる。

俯き、考え込んでしばらくして、彼はこくりと首を縦に振った。

フィオナの言葉は、ちゃんと彼の心に響いたのだ。

(旦那さまは、眠りたいって思っていた。わたしが淹れるお茶や作った食べ物に喜んでくれたこともある。本当は、旦那さま自身も救われたいのではないかしら)

だからフィオナはにっこりと笑う。

「まずはゆっくり眠って、よく食べましょう。旦那さまは合理主義でしょう？　頭が働かない状態で、ライナスさまのためを思っても、正しい答えにたどり着けるとは思いません」

「合理主義――違わないが。まさか君にもそう思われているのか」

ようやくセドリックの表情が緩む。少し困惑したように肩を竦めていて、その気が抜けたような表情に、フィオナも苦笑した。

「え？　うふふ、嫌でした？」

「嫌ではないが。――少し、気恥ずかしいな」

そう言いながら目を細めるセドリックの表情は、どこかあどけない。

少しでも彼が安心してくれるといい。そう願いながら、フィオナは語って聞かせる。

「旦那さまは、わたしが支えます。――契約が終わっても。許されることなら」

いずれこの家を出ることになる。離れて暮らすことになっても、きっとできることはあるはず。フィオナは市井で生きるつもりで――彼とは遠く離れた場所で、ひっそり暮らしていくつもりだけれど。定期的に刺繍を送るとか、なにかできればと思ってしまう。

繋がりを断たずにいることは、一生フィオナを苦しめるだろう。でも、フィオナはこの人のために生きたかった。そうすることで自分が傷ついたっていい。それがフィオナの覚悟だ。

だからセドリックに意思を伝えると、先ほどまでの気の抜けた微笑みもどこへやら。彼はフィオナの言葉に、硬直してしまった。

「旦那さま？」

「あっ、いや。そう、だな」

どことなく、名残惜しく感じてくれている気がした。

離れられずにいられたらどれだけいいかと、フィオナも思う。でも、それは無理だから。

「ふふっ、改めてメイドとして雇ってくださってもいいのですよ？　なんて、ずうずうしすぎますよね」

夢物語を語ってみた。けれど、それも叶わないこともちゃんと知っている。叶ったところで、フィオナがつらいだけだということも。

冗談めかしてなかったことにして、笑ってごまかした。

「……っ」

セドリックが息を呑む。くしゃくしゃに表情を歪めたのはわずかの間。彼はすぐに笑顔を貼りつけて、面と向かって告げてくれる。

「――心配しないでいい。こんなにも世話になった君のことだ。君が健やかに過ごせるよう、私にも力を尽くさせてくれ」


――その夜。フィオナは自室でぼーっと考えていた。

セドリックの後悔や、彼の抱える贖罪について。

セドリックはフィオナに希望を、そして未来をくれた。同じだけのものをセドリックにも与えたい。

「ねえ、ロビン。お願いがあるの」

「はい、なんでしょうか。奥さま」

「ロビンはわたしがここに来るまでは、公爵領に勤めていたのよね？　ライナスさまのことを、それから、旦那さまのご家族のことを教えてくれる？」

ロビンはハッとして、でも、どこか嬉しそうに懐かしい話を聞かせてくれる。

「そうですね。公爵家の皆さまは、私たち使用人にも気安く声をかけてくださって――」

セドリックの両親も弟も、とても優しくて穏やかな方々であるということ。紋章である菫の花がよく似合う、温かな家族であるということ。

世間では、セドリックが彼の家族を領地に押し込めていると噂されているけれど、本当は、同じ過ちを犯さないよう、セドリックが家族に会わないようにしていること。

家族はセドリックの想いを理解しながらも、ずっと彼を気にかけているということ。

（想い合っているのに）

温かいと、フィオナは思った。

かつてフィオナに向けられた両親の笑顔を思い出す。

大切な家族だった。どんなに孝行したくても、もうできない。

せめてセドリックには、そばにいられるはずの家族を大切にしてほしい。でも、今の彼の方法では、本当に皆が幸せになれないから。

（あなたも幸せでなくっちゃ、ご家族も幸せにはなれないのですよ、旦那さま）

だからフィオナはペンを取る。

「ねえ、ロビン。手紙を出したいの。旦那さまには秘密で届けてくれないかしら、公爵領に」

セドリックの心が、届くように。

セドリックの心に、響くように。

そのためには、彼の心に沈む後悔を取り払わなければいけないから。

第五章　とびきりのダンスはあなたと一緒がいい

残酷なことに、月日は過ぎていく。

夏の盛りも過ぎた。そして夜になると暑さも和らぐようになってきた。

セドリックの話を聞いてから二カ月、あれからフィオナは色々な目標を立てた。

とはいえ、一番はセドリックが心穏やかに過ごせるように環境を整えることだ。

普段から彼が気兼ねなく身につけられるように、彼の衣服の目立たない位置に刺繍を入れたり、シーツの数を増やしたり。

本当は、魔法の勉強もするべきかと少し悩んだ。フィオナが望むなら魔法省との繋がりを持つことも可能だと言ってもらえたし。

女魔法使いの稀少性はセドリックから聞き及んでいる。なんでも大変珍しい存在だということで、フィオナの力が世間に知られたら大騒ぎになるだろうと。

フィオナの力を利用しようとする人物が近付いてきたり、誘拐の可能性もあったりするから気を付けるようにと真剣に説かれた。

フィオナとしては静かに暮らしていきたい。ゆえに、この力を公にしないようにしたいと伝えている。そしてセドリックも、フィオナの気持ちを尊重してくれるつもりらしい。

最近は部屋にこもってひとり刺繍に取り組むことが増えた。それもこれも、大切な人への贈りものを用意するためだ。

この日もそうだ。

すっかり夜も更けて、セドリックも自室に戻った時間。フィオナはいつでも休めるようにとネグリジェを身につけ、ランプの明かりを頼りに手紙をしたためていた。

テーブルの上には、本日仕上がったばかりのシャツが綺麗に畳んで置いてある。

自分のものでもセドリックのものでもない、ある人に贈るためのシャツだ。

あまり目立ちすぎないようにと、襟にはシャツと同じ白い色で刺繍を入れている。これからの季節に合わせ、少し秋めいた木の実や木の葉を思わせる絵柄で、我ながらいい出来栄えだと思う。

満足そうにそれに目を向けながら、フィオナはペンを走らせていた。

(本当はあの方に直接お会いして、似合うような意匠にできればいいんだけど)

残念ながら、今のフィオナではそれが難しい。

だから本人の希望を手紙で聞いてみよう。そう考えながら文面を整えていたその時だった。

「フィオナ、少しいいだろうか」

ノックの音とともに愛する人の声が聞こえて背筋が伸びる。

セドリックだ。彼とは続きの部屋を与えられているから、ドア一枚挟んだ向こうに彼がいることは知っている。でも、そのドアを使用することなんて今までなかったのに。

「しょ、少々お待ちくださいませ！」

焦りすぎて言葉をつっかえてしまった。

テーブルの上のものを見られてはいけない。だから、シャツと書きかけの手紙を慌てて隠す。

すっかり寝支度は整えていて、こんな格好だし化粧もしていない。ゆるっとしたくせ毛を手櫛で梳かしながら、フィオナはパタパタとふたりの部屋を繋ぐドアの方へと向かっていった。

「お待たせしました、旦那さま」

おずおずとドアを開けると、そこに大好きな人の姿がある。

どうやらセドリックもすっかり寝支度を済ませているようだった。ナイトガウンを羽織った彼はいつもと雰囲気が違う。

しっとりと艶やかな髪は、薄暗い部屋の中で見るといつもよりも色香を放っているようでドキドキする。菫色の瞳がジッとフィオナを見つめていて、気恥ずかしくて隠れたくなってしまった。

「わたしこんな格好で――」

「いや、こんな時間に声をかけたのは私だ」

見られている。

仮初めとはいえ夫婦なのだから、寝間着姿を見られることは不思議なことでもない。でも、初夜すら共寝をしなかったのだ。今さらすぎて、この格好を見られることにどうしても戸惑う。

両手で頬を押さえながら、フィオナは顔を横に向け、彼の話を待つ。

しかし、なかなか話は切り出されなかった。

「……旦那さま？」

どうしたのだろうと声をかけると、セドリックがハッとする。

「っ、あ、いや！」

明らかに狼狽した様子で一歩、二歩下がるも、その後の言葉が続かない。彼は口元を押さえながら、もごもごとなにかを呟くだけだ。

「君が、あまりに――」

「わたしが？　なんでしょう」

小首を傾げたところで、セドリックはこほんと咳払いをした。

ランプがひとつ灯っただけで薄暗くてわかりにくいが、彼の眦が赤く染まっている気がする。

フィオナ自身も緊張で頬を染めながら、おずおずと彼を部屋へと招き入れた。

彼がフィオナの自室に足を踏み入れることは珍しく、少し興味深そうに部屋を見回している。

「なにかしていたのか？」

ふと、彼がテーブルに視線を落とした。手紙やシャツはちゃんとしまったが、ランプがテーブルに置かれていることを疑問に思ったらしい。

今度はフィオナが焦る番で、笑ってごまかすことにした。

「あ。えーっと。ちょっと楽しくて根を詰めてしまって。丁度そろそろ寝ようかと思っていたところです」

「そうか。だが、無理はしないようにな」

「もちろんです」

フィオナのことだ。どうせ刺繍をしていたのだろうと納得してもらえてホッとする。

セドリックをソファーに案内して、ワインでもどうかと勧めてみる。しかしセドリックは必要ないと首を横に振り、フィオナを隣に座るようにと促した。

「フィオナ、ひとつ相談があるのだが」

「はい、どうなさいましたか、旦那さま」

セドリックは少し言いにくそうな様子で、口元を押さえている。

そういえば、晩餐《ばんさん》の時から落ち着きのない様子を見せていた。なにかよろしくない話でもあるのかと言葉を待つと、彼は意を決したように呟いた。

「実は、二週間後に王家主催の夜会があるのだが」

言いにくそうに告げられた理由がよくわかった。

夜会。それは、フィオナが本来免除されるはずの社交である。

王都での社交シーズンは主に春から夏にかけて。秋になると地方貴族は地元へ戻っていき、王都の貴族を狩りなどに誘って歓待する。

だから皆が地方に帰る前のこの時期に、毎年大きな夜会があるのだ。

一度免除した手前、誘いにくかったのかもしれない。

「ずっと断り続けてきたのだが、一度くらい公の場で君の顔を見せろと、殿下に言われてしまってな。さすがにもう断れそうにない。悪いが――」

「大丈夫です。もちろんご一緒いたします」

フィオナは即答した。正直言って自信はない。でも、たとえ仮初めでも、セドリックの妻としての責務を果たそうと決めている。

「そうか、助かる」

そう告げるセドリックの表情が緩んだ。ホッと安堵したように口元を緩めたのち、なにかを思い立ったのか、物言いたげな様子を見せた。

フィオナは社交に慣れていない。だから、色々心配してくれているのだろう。

「ご心配なさらずとも、殿下へのご挨拶を終えたら、わたしは目立たないようにジッとしていますから」

「いや、それは難しいと思うが」

「えっ、やはり大勢の方と交流せねばなりませんか……?」

夜会の経験が圧倒的に足りないから予測しきれないが、フィオナはウォルフォード公爵家の

嫁だ。しかも、今期の社交界に一切姿を現さなかった。今さら顔を出すとなると、注目された

りするのだろうか。

（お茶会の誘いも断り続けてきたものね……）

あまり顔を覚えられたくないために、他の貴族との付き合いは避けてきたのだ。だから余計に、興味を引いてしまっているのかもしれない。

「すみません、悪目立ちしないように気を付けます」

出席する前から億劫な気持ちになるが、それもこれもセドリックの面子のためだ。頑張ろうと心に決める。

「いや。その心配はないが。それよりも、君が」

「わたしが？」

きょとんとすると、セドリックは頬を赤らめ、口元を押さえる。

「君が、あまりに――だから、――が寄ってこないものかと」

「え？」

もごもごと呟かれたその言葉が聞き取れなくて、小首を傾げる。

そのままぱちぱち瞬くと、彼は慌てて会話を打ち切った。

「――とにかく。夜会用のドレスを急ぎで誂《あつら》えねばな」

などと呟き、そわそわと部屋を出ていってしまったのだった。

そうして、夜会に向けて慌ただしい日々が過ぎてゆく。

ダンスのレッスンをずっと受けていたけれど、とうとう披露目を迎えることになり本格化した他、パーティで顔を合わせるであろう貴族たちの名前や関係性を覚えたり、マナーを再度確認したり、短期間でドレスを誂えるためにデザインや仮縫いなどの過程をチェックしたり。

セドリックもセドリックで慌ただしく動き回っているものの、毎朝必ず食事をともにして互いの状況を確認した。

公爵家の嫁になるというのは、こういうことなのかもしれないと、フィオナが改めて実感しているうちに、あっという間に二週間が過ぎていった。


——とうとう夜会の日。

フィオナは馬車から降り立ち、ほぅ、と息をつく。

王城にやってくるのはこれで二度目だ。一度目はセドリックの執務室がある別の建物に入ったわけだが、今日やってきたのは大広間のある中央の建物だった。

(落ち着かない。わたし、浮いてないよね……?)

さすがはこの夜会のためだけに急いで誂えられたイブニングドレスである。艶のある上質な絹で織られた布を贅沢にもたっぷりと使用した、菫色のドレス。

たまたま。本当にたまたまたま、気になったのがセドリックの瞳の色と同じ生地だった。

他にもいくつか気になる生地はあったのだが、セドリックとも相談した結果、ふたりの気分が重なったのがこの色彩の生地だっただけだ。

セドリックの隣に並んだ時に馴染むし、きっと悪い選択ではないはずだ。

「さあ、フィオナ。行こうか」

手を差し出してくれるセドリックに目を向け、フィオナはにっこりと微笑む。

(旦那さま、わたし、心臓が持ちません……！)

初めて夜会に参加することに緊張している、と言えばそうなのだが。それよりもセドリックの格好である。

スマートな黒のテールコートに白いシャツ。濃いグレーのベストにシルバーのタイを締め、全体の色彩を統一している。その中で、瞳と同じ菫色の石がついたピンがアクセントとなり、印象をピリッと引きしめていた。艶やかな夜空の色の髪とも馴染み、正当派でありつつ、色気を感じる美しい装いだ。

城に入っていく他の貴族たちが彼の姿を振り返る。それも当然と言えるほど、素通りできない美貌だ。

(このところ表情が豊かでいらっしゃるから、余計に素敵よね……)

以前はよく見せていた、どこか苛立っているような寒々しい表情もどこへやら。最近はふと気が緩んだように、目を細めたり、頬を緩めたりする様子もよく見られる。どこか憂いを含んだ目をすることもあるが、人間味を帯びてますます彼から目を離せなくなっていた。

（ううん、旦那さまが素敵になっただけが理由じゃないわね）

彼のことを目で追ってしまうのは、フィオナ自身の問題でもある。

胸の奥に膨らむ温かな想い。好いた人のことが気になるのは、当然だろう。

「フィオナ？」

「っ、失礼しました。その、あまりにも素敵で、ぼーっとしてしまって」

「そうか。せっかくの夜会だ。君に興味を持ってもらえてよかった。存分に楽しむといい」

「あ。夜会も楽しみなのですが、そうではなくて」

旦那さまが素敵ですから。と、彼に聞こえるかどうかも怪しいほど、小さな声で呟く。

「！」

どうやらセドリックにはばっちり届いたようで、彼もさっと頬を赤らめた。そうして片手で目元を押さえながら、ほうと息を吐く。

「旦那さま？」

「私は、自分が情けない」

「え？」

「君に先を越された」

そう言うなり、セドリックがフィオナの手を引き寄せる。手袋越しにそっと口づけを落とし、ふわりと笑った。

「君も。誰よりも綺麗だ」

たったひと言。でも、はっきりと口にする。

壮絶な色気にあてられてフィオナは硬直する。それを見て、セドリックは優しく——同時に、どこか寂しそうに笑った。

「行こう」

城に一歩足を踏み入れると、そこには幻想的な空間が広がっていた。

真っ直ぐに延びる廊下自体、幅が広く、大きな窓が並んでいる。その窓枠すら細やかな装飾が入っており、窓自体がまるで額縁のようだ。反対側の壁には数々の絵画がかけられており、天井にはいくつもシャンデリアが吊《つる》されている。

やがて名前を呼ばれるとともに、メインの大広間へ足を踏み入れると、その広さに驚かされる。会場には華やかな音楽が鳴り響いていた。天井が高く開放的な大広間には、色とりどりの衣装を纏った貴族たちが詰めかけており、一斉にこちらに注目する。

「見て、ウォルフォード次期公爵さまよ。やはり、お美しいわね」

「本当に素敵。ご挨拶にうかがっても大丈夫かしら」

「最近は雰囲気が変わられたと噂ですものねえ？　となると、隣の方が」

（旦那さまの雰囲気が柔らかくなったことは、すっかり噂になっているのね）

それは純粋に喜ばしいが、一方のフィオナに向けられる視線はあまり好意的なものでもなさそうだ。緊張して表情が強張ってしまう。

「あの方でしょう？　ずっと引きこもってばかりの次期公爵夫人というのは」

「レリング伯爵令嬢の刺繍を盗んだ、とかいう」

「しっ、声が大きいわよ。それに、その噂は間違いだったとも耳にするわ」

レリング伯爵令嬢というのは、エミリーのことを指しているのだろう。なるほど、今はそのように噂が形を変えているのか、とも思うが。

「失礼、ご婦人方」

凄《すご》みのある笑みを浮かべて、セドリックがその女性たちに声をかける。

「根も葉もない噂を口にするのはお控えください。レリング伯爵家は妻の生家ではありますが、その件に関しましては事実がねじ曲がって伝わっているようです。妻はそのようなことをするような女性ではありません。なあ、フィオナ」

と言いつつ、セドリックがフィオナを抱き寄せる。

（え？　ええっ⁉）

彼が人前でこんな大胆な行動を取るとは思わず、フィオナは驚きで目を丸くした。

事実と異なる噂を断ち切るためだといっても、ここまでする必要はあるのだろうか。

たちまち心臓が大きく鼓動し、フィオナの頬がさっと染まる。

「この通り、妻は初心《うぶ》で純粋な女性だ。彼女自身が刺繍の名手で、その心はこの刺繍にもよく表れていますよ」

などとにっこりと微笑みながら、彼は自慢げにテールコートの襟を撫でる。

そこには細やかな刺繍が施されており、それを見て相手の女性たちはまさか、とこぼした。

そのまさかである。彼の身につけている衣装にはできるかぎり、フィオナが刺繍を入れるようにしているのだ。そうすることで少しでも彼が過ごしやすくなるといいと考えて。

この夜会に間に合わせるため、それはもう急いで刺したものではあるが、セドリックが身につけるのだ。想いを込められるだけ込めて仕上げた刺繍は、見事という他なかった。

ざわめく周囲ににっこりと微笑みかけてから、セドリックはフィオナを連れて大広間の奥へと向かう。

「あの、旦那さま⁉」

あのような形で庇《かば》ってもらえるとは思わなくて、フィオナは瞬いた。

悪い噂に対して真っ向から否定してもらえて、嬉しくないはずがない。

(以前は、噂なんていちいち訂正するような方ではなかったのに)

悪意に晒されたのがフィオナだったからだろうか。どうあれ、彼の優しさに胸が打ち震えている。さらにセドリックの手にギュッと力が込められると、心臓がどうしようもないほどに大きく鼓動した。

「君は堂々としていていい。むしろ、今まで噂を止めようとしなかった私の落ち度だ」

「そんな」

「これ以上、君を悪意に晒すつもりなどない」

そう言ってセドリックは、ダンスホールの中央にフィオナを誘う。

「さあ、愛する妻フィオナ。私と踊ってくれまいか」


それは夢のような時間だった。

優雅な音楽に合わせてセドリックと踊る。

不思議なことに、彼のリードによってフィオナも自然とステップを踏める。ダンスには慣れていなかったはずなのに、彼に合わせるだけで形になってしまう。

ターンするたびに、セドリックの瞳と同じ菫色のドレスが鮮やかに広がる。豊かな髪もふわりと揺れ、くるくると踊る彼女にはいつも以上に華があった。

きらきらと輝くふたりの姿は、たちまち周囲を魅了していく。あちこちで感嘆のため息が漏れるけれど、それはフィオナには届かない。緊張も、周囲の噂話に物怖じする気持ちも、あっという間にどこかへ行ってしまった。

フィオナの意識にはセドリックしか存在しない。

そしてフィオナがセドリックだけを見つめているように、セドリックもフィオナだけに意識を注いでくれる。熱のこもった目で見つめられると、呼吸さえ忘れてしまいそうだ。

（愛する妻、か）

おそらくポーズなのだろう。

噂を払拭するために、仲のいい夫婦だと思わせておいた方が都合がいい。

だから言ってくれた言葉に違いないのに。

（本当の、妻だったらいいのに）

仮初めなどではなく。

（本当に、愛してくれたらいいのに）

親しみを覚えてくれているのは確かなのだろう。

それでも、贅沢なフィオナはその先を求めてしまいそうになる。勘違いして踏み込みたくなってしまう。胸の奥に宿った温かな想い。それはとても優しくて、甘くて、幸せなものだけれど、同時にひどく苦いものでもあった。

「綺麗だ――フィオナ」

育ててはいけないとわかっているのに、そう耳元で囁かれては、溢れ出てしまいそうになる。

必死で笑顔を取り繕っているうちに、一曲終わってしまった。

初めてのダンスはとびっきり甘くて、あまりに切なかった。

途方もない気持ちになっているうちに、セドリックに手を引かれ、奥へ移動する。

ずっと気持ちが昂《たか》ぶったまま、なにも話しかけられずにいると、向こうからぱちぱちと手を叩く音が聞こえた。

ようやく意識が現実に引き戻されて顔を上げると、そこに見知った顔がいる。

（王太子殿下……!?）

そういえば王家主催の夜会だった。だから、いないはずがないのだけれど。

どうやら供にアランも連れて、周囲の者たちと談笑していたようだ。さすが王太子ともなれば、目通りを願う貴族が後を絶たないのだろう。

ただ、オズワルドの拍手に合わせ、彼を取り囲んでいた輪がぱっと開く。そうしてセドリックたちを輪の中に招き入れ、オズワルドは満足そうに頷いた。

「素晴らしいダンスだったよ、ウォルフォード」

「お褒めにあずかり光栄です、殿下」

オズワルドは明るい金髪が印象的な、華のある長身の男性だ。セドリックとは従兄弟《いとこ》ということで、顔の作りも確かに似ているところがある。ただ、セドリックがまるで月のような美しさであるとすれば、オズワルドは太陽のような華やかな魅力がある。

パーティ用の衣装を身に纏った彼は、以前にも増して華やいでいる。

「改まった場所では初めてになりますね。殿下、こちらが我が妻のフィオナです」

「セドリック・ウォルフォードが妻、フィオナ・ウォルフォードと申します。どうぞお見知りおきを」

と、公式の場での初めての挨拶をする。

以前会ったのは、セドリックへの差し入れを持っていった時だった。かなり気さくに声をあげて笑っている姿が印象的だったが、さすがに今は異なるらしい。

王太子らしい優美な笑みを浮かべながら、大きく頷く。

「ああ、ウォルフォード夫人。君のおかげでウォルフォードが随分助かっているようだな。私からも礼を言う」

「身に余る光栄です。ですが、殿下。わたしは当然のことをしたまでです」

「そうか。これからもウォルフォードのことを頼む」

そう言いながらオズワルドは少し困ったような笑みを浮かべる。その表情の意図がわからず困惑している横で、セドリックがオズワルドに目配せをしていた。

オズワルドは少しだけ肩を竦めてみせて、なぜかフィオナの方へと向き直る。

「母上もそなたに会いたがっていた。――が、その前に。一曲、私と踊ってくれないかな。ウォルフォード夫人」

まさかの誘いにフィオナはハッとした。

正直、セドリック以外の男性とは踊る気などなかったのだ。すべて断って、会場の隅で大人しくしているつもりだったのに、相手が王太子ともなれば簡単に断れるはずもない。

どうしたものかと、セドリックに助けを求めるように視線を向けた。すると、セドリックがギュッと眉根を寄せるも、すぐに笑みを浮かべた。感情を覆い隠すようにして、そっとフィオナの背を押した。

「よかったな、フィオナ。楽しんできなさい」

瞬間、ざわりと周囲が色めき立った。

フィオナにオズワルドの相手を勧めたことだけではない。これは、彼の浮かべた笑顔に対するざわめきだ。愛おしむような、慈しむような微笑み。それは普段彼がけっして見せるものではない。だからこそのざわめきなのだろうが。

（違う……）

フィオナはそう思った。

（旦那さまは、こんな笑い方をしない……！）

胸の奥に潜んでいた違和感が、ようやく明るみに出たような感覚。戸惑いつつも、今は言及する余裕がない。

「さあ、ウォルフォード夫人」

オズワルドに手を取られてしまうと、無視できるはずもない。戸惑いつつ、彼と大広間の中央へ向かう。

王太子であるオズワルドの相手をすることに、先ほど以上に周囲の目が集まった。緊張と困惑で手が震えるも、すぐに音楽に合わせて、オズワルドがステップを踏みはじめた。

「――すまないね」

と、体が密着した瞬間、オズワルドが囁いた。

「こうでもしないと、君とふたりで話せない」

その真剣な声色に、フィオナはハッとする。

「そんな怖い顔をしないで。平静を装って。返事はしないでいい。――よく聞いてくれ」

「………」

「私は、すべてを知っている。君がウォルフォードと交わした約束のことも、君の特別な力のことも」

瞬間、フィオナは目を見開いた。

つい顔を強張らせてしまいそうになるも、今はダンスの最中だ。この国の王太子の相手をさせてもらえている栄誉に溺れ、幸せそうに微笑むふりをしなければいけない。

「ウォルフォードには君が必要だ。君の能力だけではない。君という存在が、彼を変えた」

一曲という限られた時間の中で、すべてを伝えなければいけない。だからだろうか、彼の言葉は端的だった。

「約束の時が来たとしても、私は、彼のそばには君がいるべきだと思う」

「……っ」

どくんと、心臓が大きく鼓動した。

表情がくしゃくしゃになりそうなのを必死でとどめて静かに呼吸する。

「だが、あの男は不器用で、臆病だ。特に、自分が幸せになることに怯《おび》えすぎている」

ああ、と思う。今までフィオナ自身が感じていたことを、彼の一番そばにいる人も同じように思っていたのだと実感する。

フィオナはこくりと頷いて、息を吐いた。

頑ななセドリックに幸せになってほしいと願う人間は、やはり大勢いるのだ。

「君は稀少な存在だ。ウォルフォードと離れた後、奴《やつ》は、君のことを頼むと私に言った」

「っ!?」

「——笑って。落ち着いて、呼吸して」

「……はい」

だからオズワルドと踊らせたのか。セドリックがわざわざフィオナの背中を押すような笑みを浮かべた理由がわかり、悔しくてたまらなくなる。

「馬鹿な男だろう？　あれだけ頭がいいのに、自分のことだけがおざなりすぎる」

「本当に」

返事はいらないと言われたけれど、口をついて出てしまった。

「お馬鹿な方ですよね」

「はは！　君は、なかなかはっきり言うなあ！」

「……っ」

痛くて、苦しくて笑った。

どうしようもない人だ。フィオナの気持ちなんて置き去りにして、勝手にフィオナの幸せを決めつける。自分は幸せになってはいけないからと、彼は自ら遠ざける。

「全身、自分の色を纏わせておきながら、なにを言っているのかと思わないか？」

「ふふっ、そうですね」

ひとしきりオズワルドと笑い合い、やがて音楽は終わりを告げる。

「殿下、ありがとうございます」

もう迷いはない。オズワルドもにっこりと笑って、応えてくれた。

「ああ。あれは臣下である前に大切な従兄弟でもあり、友人だ。――ウォルフォードを。いや、セドリックのことをよろしく頼む」

「はい。――わたしだってあの方の隣にいたいです。許されることならば」

「それでいい。離してやるなよ」

背中を押してもらえて、にっこりと笑った。

セドリックは自ら幸せから遠ざかろうとする。であるならば、あちらが突き放そうとしても、手を伸ばし続ければいいのだ。そうしてフィオナから繋ぎ止めればいい。

彼との間には契約魔法がある。それでも、幸せになってはいけないなんて、ただのひと言も書かれていないのだから。

フィオナはセドリックを捜した。

どういう理由か、オズワルドと踊っているうちに、セドリックの姿が見えなくなってしまっていた。この広い会場内、捜すのは容易ではないけれど、フィオナは周囲に視線を廻らせた。

なぜかフィオナにダンスを申し込む男性が後を絶たないけれど、それを全部断り、ただひたすら愛しい人の姿を捜す。

フィオナの息が弾んだ。

（あなたに、会いたい！）

そして、ちゃんと想いを伝えたい。

（――セドリックさま！）

今、とても――とても、あの人の名前を呼びたい。

「ちょっと、お姉さま。お待ちなさいな」

しかし、思いもよらぬ声が聞こえて、フィオナは立ち止まる。

昂ぶった心に冷や水を浴びせられるような感覚に、ぶるりと全身が震えた。

「エミリー……」

来ていたのか、と思う。

でも、考えれば当然だ。一年に一度、王家主催の夜会にはほとんどの貴族が訪れる。伯爵家であるレリング伯爵家にも招待があったはずだから。

妙齢の女性にとっては最も出会いに期待できる日であり、エミリーが参加しないはずがない。実際、身なりにもいつも以上に気合いが入っている令嬢が多い。

エミリーも普段の愛らしい雰囲気とは少し異なる美しいドレスを纏っていた。大人っぽく、大胆に胸元が開いたドレスの色は菫色。

（菫色……）

心がざらりとした。だってそれは、今日のフィオナとも同じ色彩だったから。

いや、フィオナと揃えたというよりは、セドリックの瞳の色と揃えたのだろう。自分の方がセドリックの隣に立つのに相応しいと言わんばかりだ。

「少しお話があるの。いいでしょう、お姉さま？」

フィオナはゆっくりと呼吸した。ギュッと一度両目を閉じ、覚悟を決める。

セドリックと向き合うのであれば、叔父一家ともきちんと決別する必要がある。

そうでなければフィオナも前には進めない。

「いいわ。――わたしも話があるの、あなたに」

二階のバルコニーへと移動して、遠くの空を見つめる。賑やかな大広間とは打って変わって、ここは人もまばらで、落ち着いて会話もできる。

夏がいよいよ終わろうとしているこの季節。さすがに夜は少し冷える。

会場の熱気とは打って変わって、涼しい空気が肺に入ってくる。フィオナは冷静になりながら、エミリーに冷ややかな視線を向けた。

「不思議ね。まだ妙な噂が出回っているみたいなの。なんでも、わたしがあなたの刺繍を盗んだとか」

「まあ！　噂とは本当に恐ろしいものですわね。でも、わたくしはなにもしておりませんわ。お姉さまの人となりを見て、その噂が真実だと思い込んでしまったのではないかしら？」

エミリーの表情は強張ったままだ。

先日、彼女と邂逅《かいこう》した後、セドリックははっきりとレリング伯爵家に抗議を入れた。事実と異なる噂の収拾と謝罪を求め、厳しい抗議文を送っていたはず。

セドリックに聞いたところ、結婚当初に行っていたレリング領への援助も早々に打ち切り、これまでのフィオナへの仕打ちに対し、今は慰謝料まで請求しているようだ。

フィオナを餌に公爵家との関係を持てたはずのレリング伯爵家にとっては青天の霹靂《へきれき》。セドリックの不興を買ったことや、エミリー本人の悪事も少しずつ囁かれるようになって、今シーズン、エミリーはあまり夜会に顔を出さなかったと聞いていたけれど。

（開き直ったというわけね）

この大人っぽい格好は、彼女なりの焦りの表れなのかもしれない。

今まで引く手あまただった天使のような令嬢が、実は姉を虐げ、手柄を横取りしていたという評判が流れはじめ、彼女なりに必死なのだろう。

真実がまだあやふやであるうちに、その美貌で相手を決めてしまいたいといったところか。

実際、エミリーにしな垂れかかられて無下にできる男性は多くないだろう。

「――お姉さまは、本当にずるいわ」

いつもの調子で責められる気配がして、フィオナは怪訝な顔つきになる。

なにが、と短く言葉を切ったところで、エミリーは大袈裟に嘆いてみせた。

「ウォルフォードさまだけでなく、王太子殿下までたぶらかすだなんて。なんて卑しいのでしょう。わたくし、恥ずかしくって……！」

フィオナは深々とため息をついた。エミリーはこうやって、いつもフィオナのことを決めつける。声を大きく主張して、周囲にそう思い込ませるのだ。

（まだ、人の多い大広間じゃなかっただけましね）

セドリックが抗議した手前、エミリーも派手に動き回れないのだろう。ただでさえ今、世間では彼女を懐疑的に見る者が増えてきたのだから。

それでもエミリーは止まらない。今まで、こうやって嘆き訴えれば周囲の人間は彼女の言うことを聞いてきたから、その成功例が彼女の中に根づいている。

ある種、憐《あわ》れでもあるのだろう。それ以外の方法を彼女は知らない。だから、過ちを繰り返すことしかできないのだ。

「なんと言おうと無駄よ。エミリー、わたしに対する勝手な噂を吹聴するのはやめなさい。旦那さまは寛大な方よ。これ以上迷惑をかけなければ見逃してくださるわ」

「違うわ、お姉さま！　わたくしは、わたくしのものを取り戻そうとしているだけよ」

「あなたのもの……？」

フィオナはピクリと眉を動かした。頬に手を当て、なんのことかしらと首を傾けてみせる。

「ウォルフォードさまよ！　本当なら、わたくしがウォルフォード公爵家に嫁ぐつもりだったのに！」

まだ言っているのかと目を伏せた。頭が痛くて、ほうとため息をつく。

「なにを言っているの。あなたが行きたくないと言ったから、わたしが嫁ぐことになったのでしょう？」

「あんなに素敵な方だとは思わなかったのよ！　ちゃんと妻を愛してくださるようなお優しい方だと知っていたら、わたくしが嫁いだわ！」

いや、もともとはあそこまで丸くはなかった。

エミリーが見たセドリックは、あくまでフィオナと出会ってから心が解けていった結果だ。

（彼の抱える苦痛も、悩みも、なにも知らないくせに）

今のセドリックの表面だけを見て、都合よく解釈しているだけ。

それになにより、エミリーはセドリックをものとしか見ていない。そんなエミリーに、セドリックを幸せにできるなど思えない。

「勝手なことを言わないで」

フィオナはぴしゃりと、エミリーの言葉をはね除《の》けた。

「あなたは旦那さまのなにを見ているの？　傲慢で、わがままで、甘えん坊で――人から与えられることとしか知らないあなたが、旦那さまを幸せにできるの？」

「できるわよ！　精いっぱいお仕えできるわ。お姉さまより、わたくしの方が綺麗だもの。きっとわたくしと結婚した方が幸せに決まっているわ」

「だから、そんな表面上の幸せだけで――」

「お姉さまってば、本当にわからず屋ね！」

ぱしりと手を掴まれる。フィオナを見つめるピンク色の瞳。潤みを帯び、庇護欲《ひごよく》をかき立てる可憐な瞳が、今はほの暗く細められる。

「わたくしがこんなにお願いしているのに。――どうしても、ご理解いただけないのね」

エミリーが悲しげに目を伏せる。

彼女の纏う空気が恐ろしくて、フィオナは後ろに引こうとする。けれど、ギュッと手首を掴まれたまま、離れることはできない。

「どうされました、レディ。体調が優れぬようですが」

と、そこで心配そうに声をかけてくる男性がひとり。フィオナを支えるようにスマートにそばに寄り、肩を抱く。

瞬間、ぞわりとした。総毛立って離れようとするも、間髪を容れずに男がフィオナの口元をハンカチーフで押さえた。アルコールに近い独特の香りがする。くらりと意識が遠のきそうになり、フィオナは慌てて息を止めた。

（まずい……）

いくばくか、なにかを吸い込んでしまった。

体の力が抜けていき、まともに立っていられなくなる。息を止めるにも限界があり、ハンカチーフに染みこんだなにかは、確実にフィオナの体内に流れ込んでしまった。

「おっと。これは心配だ。客室が開放されているはずです。私がご案内しましょう」

「まあ、お願いしてよろしいかしら？　お姉さま、エミリーは心配です」

どの口が、と思う。意識が朦朧《もうろう》としてきて、体に力が入らない。

キッと睨みつけるも、まともに抵抗すらできず、フィオナの意識は暗転した。

＊

自分からフィオナの手を離した。

それを理解できていながらも、フィオナがオズワルドと踊っているところを、どうしても最後まで見ることができなかった。

（あんなに顔を近付けて――笑っていた）

わかっている、これは嫉妬だ。

セドリックが心の底からの笑みを浮かべられるのはフィオナに対してだけなのに、彼女はあんなにも自然に他の男に微笑みかける。

相手がオズワルドであっても――いや、彼だからこそ余計に見ていられなかった。

いずれフィオナがセドリックのもとを離れる時、フィオナは確実にオズワルドと一緒になる。女魔法使いとして、王家に望まれるなどわかりきっている。だから自分から彼女を差し出した。オズワルドならば相手として申し分ないし、彼女の将来は安泰だろう。

セドリックも弟のライナスに跡目を譲って――それから。

（それから、私はどう生きればいいのだ？）

愕然とした。以前ならば、公爵家を継ぐつもりさえなければ、再婚云々《うんぬん》言われることもないだろうと。そのまま城に居座って、一生、この国のために働こうと思っていた。

けれども。

（フィオナが殿下の側妃になれば――）

オズワルドの隣で働き続けられるだろうか。

彼女を娶ったオズワルドに対し、平気で接し続けられるだろうか。

（……無理だ）

考えただけで、肚《はら》の奥からどろどろとしたものがこみ上げてくる。

重たい絶望を抱え、セドリックはよろよろと歩きはじめる。

フィオナの力によって、最近すっかり具合がよくなったというのに、考えはまとまらず、足元がぐらつく。会場の隅でよろけそうになった時、後ろから声をかけられた。

「セドさん」

セドリックのことをふざけた愛称で呼ぶのはアランくらいだ。振り返ると、らしくもなくかしこまった格好をしたアランがふんにゃりと笑っている。

普段着ているだぼっとしたローブとは打って変わり、こうしてテールコートを着ていると、ちゃんと身分相応の貴公子に見えるから不思議だ。

「殿下たちのダンス、終わったみたいだよ？　迎えに行かなくていいの？　フィオナちゃんを」

「フィオナを……」

「あー……顔色、真っ青じゃん。ほら。刺繍に手を当てて。深呼吸、深呼吸」

言われるがままセドリックは手袋を脱ぎ、襟に施されたフィオナの刺繍に直に触れた。じわりと優しい温もりが手から広がっていくような感覚に、息をすることを思い出す。

深呼吸をしてようやく、アランの顔をまともに見られた気がした。

「ちょっとは落ち着いた？　――よかった。ほんと、セドさんってばフィオナちゃんにぞっこんなんだねえ」

「ぞっこん、などと」

「違うの？」

「……違わない、が」

抱えた想いが大きすぎて、ぽろりと本音がこぼれ落ちる。

そんなセドリックに向かって、アランはからからと笑ってみせて、そっと顔を寄せる。

「そんなに苦しいならさ、自分のものにしちゃえばいいいんじゃん」

「……っ」

「契約終了しても、そのまま夫婦でいたらいい。なんなら、今すぐにでも契約書を破けばいいだけさ。僕ならそれができる」

ぐらりと視界が揺らいだ。そして、心も。

何度も。何度も何度も考えてきたことだ。彼女と離れずに、そのまま夫婦でいられたら。

ふるふると震える手で刺繍を押さえる。

（そうだ。彼女を手放すなど考えなければいい。殿下に差し出してたまるものか。このまま私が抱き込んでしまえば――）

己の中に渦巻く激情に溺れてしまいそうになったところを、どうにか踏みとどまる。

「しかし――」

セドリックが掴んでいいはずがないのだ。

（……私では、彼女を幸せにしてあげられない）

彼女は一緒に罪を償ってくれると言った。でも、こんな業の深い男のそばに、彼女ほどの女性がいていいはずがない。

「……っ」

アランが興味深そうにこちらを見ている。普段は細められている糸目。でも、今はその目をしっかり開いて、黄金色の三白眼がセドリックを捉えていた。

すべてを見透かされた心地で、セドリックはたじろぐ。

たったひと言。フィオナを手放したくない。そう言えたらどんなに楽だろうか。

でも、だめなのだ。それだけは許されない。かつて大切な弟を傷つけた時、そう決めた。その決意を覆すつもりはない。

「私は――」

「あの。ウォルフォードさま？」

甘ったるい女性の声がした。

唐突に呼びかけられ、セドリックは硬直する。自分としたことがすっかり油断していた。周囲の様子すらちゃんと観察できておらず、この体たらく。

取り繕うように咳払いをして、声のした方を振り返り——すっと気持ちが冷たくなる。

「君は——レリング伯爵令嬢」

「エミリーとお呼びください。ウォルフォードさま？」

その媚《こ》びを売るようなピンク色の瞳を見ただけで吐き気がしてくる。

フィオナを虐げた張本人が——以前もそのことを言及したし、レリング伯爵家へ抗議もした。

なのに凝りもせずこうして話しかけてくるだなんて。

「おや、君は」

アランが興味深そうにふんふんと首を振って、セドリックとエミリーを交互に見る。

紹介しろということなのだろう。なんでもかんでも首をつっこみたがるアランは、本当に物好きだ。一度深呼吸して気持ちを切り替えてから、さらりと互いを紹介する。

「なるほど、フィオナちゃんの従妹ねえ。あんまり似てないね？」

似ていてなるものか、と心の奥で吐き捨てる。顔を見るのも不愉快なのに、なぜこの女はこうもセドリックに擦り寄ってくるのだろう。

理解しかねてあからさまに表情を歪めるも、彼女は引くつもりはないらしい。

「そうですわね。お姉さまとは、昔から正反対だと言われることもありましたわ」

両手を顔の前で合わせながら、ほう、と憂いに満ちた瞳でため息をつく姿。フィオナ曰く、彼女のこんな姿が男たちの庇護欲をかき立てるらしいが、セドリックに言わせてみれば、さらに嘘を塗り固めているようにしか見えない。

いったいセドリックに、なにを求めているのか。

「でも、わたくし自身がそれを実感するようになったのは、ごく最近のことですの。その――お姉さまは、奔放なところがおありだったのだと」

「は？」

「ウォルフォードさまという方がいらっしゃるというのに、お姉さまったら――」

などと憂いを見せるエミリーの言葉に、嫌な予感がよぎった。

正直、セドリックは彼女の言葉など信じるつもりはない。

あることないこと吹聴する空っぽの女だ。こうして自分に同情を集めて、周囲の目を引こうとしているだけ。フィオナを悪者にして自分をよく見せようとする。この女の常套手段《じょうとう》だ。

「フィオナがどうした」

そう問いかけながら、セドリックは周囲を見回した。

そうだ。アランは、フィオナたちのダンスが終わったと教えに来てくれたのだった。自分のことにいっぱいいっぱいで、セドリックはあえてフィオナから目を離していたから。

（彼女はどこだ）

すっと心が冷えていく。今すぐエミリーを突き放し、フィオナを捜しに行きたい。なのにエミリーはここぞとばかりに食い下がった。

「ウォルフォードさま、お考え直しくださいませ。お姉さまは、ウォルフォード公爵家には相応しくありません。だって、だって――」

涙をいっぱいに溜めて、まるで彼女の家族である自分まで悪いとでも言うかのように、彼女は訴える。

「だって、お姉さまったら、少し疲れたと仰って、先ほど見知らぬ殿方と――」

嫌な予感が現実となる。

少し疲れた――それは、夜会に慣れた男女がよく使う言葉であった。

個室であなたとふたりで過ごしたい、という意味を込めて。

夜会の夜、多くの客室は開放されていて、自由に過ごすことができる。もちろん、そこで火遊びと称して夜を供《とも》にする男女も多い。

カッと目を見開き、セドリックはエミリーに詰め寄った。

「フィオナは！　彼女はどこへ行った！」

つい声が大きくなってしまった。周囲の者たちが驚いたような目でこちらを見るが、それを気にする余裕もない。食い入るように彼女を問い詰める。

「落ち着いてくださいまし、ウォルフォードさま。お姉さまが貴族の戯れに身を投じる方だとは、わたくしも思わなかったのです。でも安心なさって。わたくしが代わりにお慰めを――」

「触れるな！」

彼女が小さな手でセドリックに触れようとした瞬間、パンッ！と振り払う。

こんなにもはっきりと拒絶されると思わなかったのか、エミリーがようやく顔色を変えた。

「私に触れるな、エミリー・レリング！」

なにもかもが汚らわしい。今すぐこの場で糾弾してやりたいが、それどころではない。

フィオナが見知らぬ男と夜を過ごすなど考えられない。

だからこそ、余計に焦燥感に駆られた。フィオナのように初心で警戒心のない女性が、騙《だま》されて手籠めにされることは珍しくない。

「フィオナはどこだ⁉」

セドリックが目を離した隙に、この女はフィオナと接触したのだろうか。エミリーはなにかを知っているはずだ。

セドリックの剣幕に、エミリーは震えながら、一歩、二歩と後ろに下がった。そのまま逃げ出してしまいそうなところで、アランが前に出る。

彼は手を左の目元に当てたかと思うと、すぐにその手を前に振った。まるで瞳を介して魔力を取り出すかのように。

黄金色の光が溢れていく。

それらはエミリーに纏わりつき、彼女の動きがぴたりと止まった。

「っ、な、なに⁉　動けないっ。ノルブライトさま、なにをなさったの⁉」

「なにって。簡単な魔法だよ。君のお話、興味深くってさあ。僕ももうちょっと聞きたいなあって思ってね。なんだったら、魔法で洗いざらい話してもらうこともできるんだけど」

にっこりと微笑みながら、アランは問いかける。

「こぉーんな大衆の面前で全部ってのは、君にとって都合が悪いこともあるでしょ？　僕はセドさんと違って優しいから、必要な情報だけ話してくれたら、ひとまずは解放してあげるよ？」

それは、ゆくゆくは全部吐いてもらうと言っているのと同義だ。しかしエミリーはプライドが高い分、この場ですべてを話すのを避けたがるだろう。

エミリーは信じられないとわななき、恐れで表情を歪ませる。けれども、アランの魔法で縛られては逃げることも叶わず、絞り出すように呟いた。

「し、知りませんわ！　客室のどこかへ行ったことしか……！」

「っ！」

「セドさん⁉」

アランの制止も振り切って、セドリックは弾かれるように駆け出した。

怒りで目の前が真っ赤になる。

本当に馬鹿なことをした。

今日の、呼吸することも忘れるほどに美しい彼女の姿に惹かれない男はいないはず。なのに、オズワルドと並ぶ彼女の姿を見ていられなくて。セドリックは逃げたのだ。

その結果どうだ。

（私が弱かったせいで、彼女を危険に晒すなんて！）

どうして大切な人のそばにいてあげられなかったのか。

「フィオナ！」

開放された客室はこの建物の二階にある。似たドアが立ち並び、どこに彼女がいるかなんて予想もつかない。

（片っ端からドアを開け放ってやるか）

などと思いつつも、当然鍵がかけられている。ひと部屋ひと部屋、中を確かめさせてもらうには時間がかかりすぎる。なんのために使用されているかを考えても、それは難しいだろう。

（こんな時、魔法が使えたら）

セドリックの魔力は、放出するだけで物を破壊できる攻撃特化型らしい。鍛錬すればそれ以外の魔法も使用できるだろうが、開花して早々に封印してしまった代物だ。他の使い方など知らない。

大きな足音を立てるのも厭わずに、大股で廊下を駆けてゆく。道行く人々がぎょっとしているが、なりふり構っていられない。

「フィオナ！　私に気付いたら、返事をくれ！」

叫びながら、自然と襟元の刺繍に触れていた。彼女の魔力が込められた優しい刺繍だ。魔力を封印したセドリックでは、正しく彼女の魔力を感じ取れない。だが――。

(ここから、彼女の魔力を読み取れないだろうか)

過去に幾度か、アランがそのような魔法を使っていたはずだ。相手がそれなりに魔力を秘めた人間であることが前提となるが、魔力をたどる方法があるはず。

(今からアランのもとへ戻るか)

――いや、と、セドリックはその方法を断ち切る。

一刻も早く彼女を見つけなければ。その思いで頭がいっぱいになる。

気が付けば、左手の薬指に光るものに手を触れていた。

(指輪が、邪魔だ！)

ずっと自らを罰するために、そして、もう二度と誰も傷つけないようにと封印した己の魔力。セドリックの意志では外せぬようにと、あえてアランの手を借り、自由な意志でつけ外しできぬようにしてもらった。

でも――。

(魔法の力が、欲しい)

今のセドリックには、どうしても必要だった。

(こんな指輪があるから……！)

体内に溜め込まれた魔力がぐるぐる回る。

気持ちが悪い。本来、魔力核から外に自然放出されるはずのそれが、ひどく暴れている。

逃げ場のない魔力が脱出口を求めて暴れ回る。それを封印しているはずの古びた指輪。セドリックの魔力を強引に抑え込んできた指輪が悲鳴をあげる。

ぴしり、と音がした。

わずかに生まれた綻びを、セドリックの魔力は見逃さない。

外へ。外へ――。

やがて菫色の石は粉々に砕け散る。

瞬間、黒と菫色が混じり合った複雑な魔力がセドリックの体を包み込んだ。

「フィオナ！」

集中しろ！　そう自分に呼びかける。

解放された魔力を、二度と暴走させはしない。これらはすべてフィオナを救うために使ってみせる。そう心に決め、セドリックは叫んだ。

「どこだ、フィオナ！」

刺繍に触れ、ただひたすら気配を追う。

この刺繍に込められた彼女の魔力と同じ、純白の気配を追い求めた。

＊

意識は、覚醒したり鈍くなったりを繰り返していた。

よろめく体を半ば強引に引きずられ、どこかの部屋に連れ込まれた。

「い、や……！　やめ、て……っ」

ランプの明かりが灯っているが、部屋の中は薄暗い。華やかな大広間とは打って変わって、夜の香りが濃くなり、ギュッと体を強張らせる。

「へえ、めずらしい。あの薬を嗅ぐと大抵の女はぐっすりなんだがな。まだ意識が保てているのか」

「――っ」

保てているとは言われても、ギリギリで踏みとどまっているだけだ。

自分が女魔法使いだと言われてから、フィオナは自分の魔力を意識するようになった。刺繍をする際もそうだ。これまで呼吸をするように当たり前にしていた祈りを、意識して捧げるようにしていた。

今も同じだ。

フィオナの魔力には癒やしの力が備わっているのだという。だから、魔力をぐるぐる廻らせて、体内に浸透しようとしてくる睡魔を押しとどめているだけ。魔力の正しい使い方なんてさっぱりわからないから、油断するとたちまち意識を失ってしまいそうだ。

（もう少し、体が動けば……！）

振り切って逃げることも、叫んで助けを求めることもできるかもしれない。でも今は、残念ながら意識を繋ぐことで精いっぱいだ。

「まあいい。こうやって反応が見られるのも一興か」

男は下卑た笑みを浮かべながら、フィオナをベッドにどさりと下ろした。コートを適当に脱いで近くのソファーに投げ捨て、タイを解く。

この男は、こうして多くの女性を喰《く》いものにしてきたのだろう。エミリーと事前に話をつけていたのか。非常にスムーズで手慣れた様子だ。

「嫌がる女を躾けるのも悪くない。君が次期公爵さまのものってのも、実にそそる」

「……っ」

「あの冷血なウォルフォード次期公爵さまを籠絡したっていう高貴な娼婦《しょうふ》の味、楽しませてもらおうか」

手を伸ばされ、ぞわりとした。体が拒絶反応を示し、弾かれたようにして動き出す。

「っ！」

近くにあったクッションを投げ、体を捩《よじ》った。それでも、やはり思うようには動けない。重たい体をどうにか支えて逃げようとするも、再び捕まえられて抱き寄せられる。

髪飾りが落ち、丁寧に結ってあった髪が乱れる。でも、それを気にする余裕はなく、フィオナは必死で足掻《あが》いた。

「この！　大人しくしろっ！」

「嫌よっ！　誰が、あなたなんかに……！」

どうにかまともに声が出た。

せっかく、決意したのだ。

（どうせすべてを捧げるなら、セドリックさまに捧げたい！）

心の中で叫びながら、フィオナは必死で藻掻《もが》こうとした。

「この女――！」

怒りに震えた男は、大きく手を振り上げる。

頬を打たれる！　そう咄嗟《とっさ》に読み取ったフィオナは、その痛みに備えて体を強張らせる。その瞬間――、

――ドォオ――――ンッ‼

と、耳を劈《つんざ》くような激しい爆発音が聞こえたかと思えば、閉ざされた入口のドアが粉々に破壊された。

外から明かりが差し込み、入口に立った人物の影をくっきりと浮き立たせる。

その姿が目に入った瞬間、フィオナは目を見開いた。

（まだ、泣いちゃだめよ……！）

でも、我慢できるはずがない。安心して胸がいっぱいになって、呼吸することも難しい。

「フィオナ！」

必死で叫ぶその声にフィオナは手を伸ばし、彼を求める。

「セドリックさま‼」

無意識に名前を呼んでいて、彼がギュッと眉根を寄せる。

セドリックはすぐに駆け寄って、フィオナを組み敷いていた男を殴りつけた。

「貴様！」

「ぐあっ‼」

渾身《こんしん》の一撃は、男の体を吹き飛ばす。ベッドから転がり落ちた男に代わって、セドリックがフィオナの体を抱き寄せる。

「フィオナ、無事か⁉」

安堵で視界が歪む。若草色の瞳にいっぱいに涙を溜めながら、フィオナは何度も頷いた。

縋《すが》るように、彼に体を寄せる。乱れた髪が肩に落ちた。フィオナに起こった惨事を目の当たりにして、セドリックは顔をくしゃくしゃにした。

フィオナはいまだにぐらぐら揺れる意識をなんとか保つ。

大丈夫です、と掠れた声で伝えると、抱きしめてくれる腕に力がこもった。その逞《たくま》しさに安堵して、フィオナは甘えるように彼の背中に腕を回した。

「怖かった……！」

気丈に振る舞いたいのに、一度本音がこぼれ落ちるともうだめだ。次から次へとぽろぽろ本心が溢れ出し、止められない。

「嫌なんです」

「フィオナ」

「わたし、セドリックさまじゃなきゃ、嫌……！」

この身に触れるのも、抱きしめるのも、肌を重ねることだって。

彼以外は不可能だ。

「わたし――、わたし、セドリックさまが――……」

その言葉は最後まで言えなかった。

驚きで、目を見開く。

すぐそこに彼の顔がある。

苦しそうに眉根を寄せて、縋るように、求めるように唇が重なっている。

薄い唇。少しひんやりとしていて――でも、ひどく甘い。

フィオナはほろほろと涙を流したまま、途方もない気持ちになる。ずっと欲しかった彼の想いが、このような形で与えられ、胸がいっぱいになる。

先ほどまでの恐怖など、どこかへ行ってしまった。今は彼の与えてくれるこの口づけに溺れてしまいそうで。

「フィオナ。その言葉は、私以外の者に聞かせるのはもったいない。それに――できれば先に。私に言わせてくれ」

わずかに唇を離し、彼は囁く。唇が触れるか触れないかの距離で互いを見つめ合ってしばし――。

「だから、今は。片付けねばならぬものがある」

セドリックは凍りつくような表情を貼りつけ、そばに倒れたままの男を見下ろす。

「なんの騒ぎだ⁉」

「って、ウォルフォードさま⁉」

バタバタと、部屋の入口前には大勢の兵が詰めかける。

破壊されたドア、痛みにのたうち回る男、そして、ベッドで抱き合う男女。

彼らは室内の惨状を目にして、驚きの声をあげた。

「暴漢だ。そこの男を捕らえろ」

セドリックはそう冷たく命令しながら、さっと己のコートを脱ぐ。それでフィオナの体を隠すように包み、皆の視線が向かぬよう隠してくれた。

「これは……魔法か？　ウォルフォード」

「うわぁ、派手にやったねぇ」

さらに遅れて聞き覚えのある声がして、フィオナは顔を上げる。

兵たちが道を空け、その間からやってきたのはオズワルドとアランだった。

瓦礫《がれき》だらけの床をひょいひょいと歩きながら近付いてくるも、フィオナの惨状に気が付き、ある程度のところで足を止めてくれる。

「へえ。セドさん、自分で封印解いちゃったんだ？」

「――ああ。無我夢中で」

実感するように呟きながら、セドリックは己の左手をかざす。

その指輪からは石が失われ、白金のアームだけがかろうじて残っている。その白金の部分さえも、いくつも亀裂が走って、今にも壊れてしまいそうだ。

「昔、言ったでしょ？　それは古い魔道具だから、代わりはない。僕も新しいものなんて作るつもりないよ？」

「ああ――そうか。そうだったな」

セドリックは目を伏せ、深く息をつく。

（そっか。セドリックさまの、魔力が）

解放された。だからこそ、彼はここにたどり着いてくれた。

たまらなくなって、フィオナは手を伸ばす。

右手の手袋を脱ぎ、細い指で彼の左手の薬指に触れた。

瞬間、ぱりんと音を立て、指輪だった白金の金属が粉々に割れていく。

指輪の痕が残る彼の薬指。それが解放されたことが嬉しくて、切なくて、フィオナはその指に唇を寄せる。

「――っ」

セドリックが息を呑んだのがわかった。

少し震えているけれど、離さない。フィオナは慈しむように祈りを込める。

「あなたは、この手が――あなた自身の魔力が、許せないかもしれませんけれど」

「…………」

「わたしは、好きですよ。あなたの魔力が、わたしを助けてくださいましたから」

「フィオナ」

「とても優しい、温かな魔力ですもの。怖がる必要なんてありません」

「……っ」

そう笑って見上げると、セドリックがギュッと眉根を寄せている。何度も口を開け閉めして、しばらく――なにかを決意したかのように、声を絞り出す。

「アラン」

「うん。なんだい？」

などととぼけているが、アランはすべてをわかっているようだった。隣に立つオズワルドも、セドリックの言葉を待っている。嬉しそうに、誇らしそうに目を細めて。

「契約書を、燃やしてくれないか」

「――ん」

「フィオナはかつて、契約魔法など必要ないと言ってくれた。私を信用するからと」

随分前の話を持ち出されて瞬いた。

確か、初めて出会った時のことだ。契約の際、追加でなにか要望はないのかと聞かれ、そう答えた。少し話しただけでセドリックの誠実さがわかって、魔法で縛る必要性をちっとも感じなかったからだ。

どうやら彼は、その時の言葉を覚えてくれていたらしい。

「本当にその通りだ。私たちの関係に契約魔法は必要ない。――私は、彼女と新しい関係を築きたい」

「そっか」

アランが大きく頷き、左目を押さえる。念じるようにしてから、その手を前にかざした。

どこからともなく風が吹いた。ふわりと皆の髪が巻き上がり、大きな力が発生しているのを肌で感じた。

やがて、きらきらと黄金色の輝きが噴きだしたかと思うと、二枚の紙が宙に形を成していく。

その紙にはもちろん見覚えがある。かつて、フィオナもそこに名を書き記した契約の証《あかし》だ。

「フィオナちゃんも、いいね?」

両目をしっかりと開き、アランは黄金色の瞳をこちらに向けてきた。

そんなの、答えはとっくに決まっている。だからフィオナもはっきりと口にする。

「ええ。契約魔法など、必要ありません!」

誰もが固唾《かたず》を飲んで見守る中、アランはその契約書の中心をなぞっていく。ボボボボボッ、と、黄金色の炎が広がり、焼き尽くす。

やがて灰すらも残らず、二枚の契約書は消失した。


その後も、周囲は大騒ぎだった。

フィオナを襲った犯人の男と、彼をけしかけたエミリーは捕らえられ、聴取を受けることとなった。とはいえ、その場にオズワルドがいてくれたのだ。彼は騒ぎがそれ以上大きくならぬよう、周囲の者たちに口利きしつつ、場を鎮めてくれた。

もちろん、目撃者は大勢いる。

セドリックが助けに来てくれる前、大広間でエミリーと口論にもなっていたようだし。

オズワルドがセドリックの正当性を認めてくれたおかげで助かった。あくまでこれは、エミリーが姉への激しい嫉妬によってフィオナを陥れようとし、セドリックがそれを救ったという形で広められたようだ。

『後でドアは弁償な』と、半分冗談、半分本気でセドリックに請求していたけれど、セドリックも苦笑しつつ頷いていた。

フィオナはというと、セドリックの腕の中で、いつの間にか安心しきって眠ってしまっていたらしい。


ふと、意識が浮上する。

どれくらい眠っていたのだろうか。

（あ……ふかふかのこの感触）

覚えがある。自室のベッドに寝かされていることを理解し、フィオナは重たい瞼をゆっくり持ち上げた。周囲はまだ暗く、とっぷりと夜の闇に包まれているようだった。

そんな中、フィオナの右手を包み込む優しい温もりがある。

ギュッと両手で握り込み、祈るように額を押しあてて俯いている男性。窓から差し込む月の光を浴びて、夜色の髪が艶やかに光っている。

フィオナは、本当にこの人が好きだ。

その姿を目にするだけで、胸が熱くなって泣きたくなるほどに。

「旦那さま」

「――っ」

　呼びかけると、弾かれたようにセドリックが顔を上げる。

　床に膝をついたまま、どれほどの間、こうしてそばにいてくれたのだろう。

「薬で眠くなっただけだと、先に伝えておりましたよね？」

　突然意識を失ったら絶対心配するからと。眠りに落ちる前、フィオナはちゃんと彼に伝えていた。

「……わかっている。それでも」

「ずっと、待っていてくださったのですね」

「離れられるものか」

　フィオナの着替えは、ロビンが整えてくれたのだろうか。肌触りのいいネグリジェに替えられているけれど、彼はコートを脱いだままの格好だ。

「君がちゃんと元気な顔を見せてくれなければ、私は」

　そう言いながら、セドリックは少し近付いて、フィオナの髪に手を触れる。緩いくせのついたままの髪を何度も梳き、やがてその手はフィオナの頬に移動した。

　この家にやってきてから、すっかりハリの出た綺麗な肌。つつつと頬に手を滑らせ、フィオナの無事を確かめる。

「本当になにもされていないない な？」

「はい。大丈夫だと、それもお伝えしたでしょう？　その前に、旦那さまが助けに来てくれましたから」

「——そうか」

「旦那さまの魔法の力のおかげですね」

そう言って、フィオナはセドリックの左手を捕まえる。慈しむように何度も撫でてから、にっこりと微笑んだ。

「フィオナ」

セドリックの瞳が震える。迷うように口を開け閉めしてしばらく、なにかを決意したかのようにギュッと唇を引き結ぶ。片膝をつく形でフィオナに向き直り、静かに語りはじめた。

「白状する。私は、君が大切で——だからこそ、自分が君には相応しくないと考えた」

その気持ちはわかっていた。

今日、オズワルドと踊りながら聞いた話からも、推測できる。フィオナを大切に思ってくれているからこそ、フィオナをオズワルドに託そうとした。

「でも。君が、殿下と踊っている時——君が、見知らぬ男に組み敷かれていた時。どうあっても無理だと悟った。私は君を、私以外のどの男にも触れさせたくないらしい」

「旦那さま」

「セドリックと」

「え？」

「セドリックと呼んでくれないか。今日、そう呼んでくれただろう？」

「あ――」

真摯に見つめられ、フィオナはたじろぐ。

とくんと胸が高鳴るのを感じつつ、こくりと頷く。

「セドリックさま」

改まると、なんだかすごく気恥ずかしい。結局蚊の鳴くような声になってしまったけれど、彼は幸せそうに笑ってくれた。

それが嬉しくてたまらない。初めて彼が、なにひとつ気持ちを抑え込むことなく、彼の本当の望みを言ってくれたように感じたから。

そしてその望みを、ちゃんと叶えられたような気がしたから。

「フィオナ、今こそ伝えさせてくれ」

頬に触れる彼の手が震えた。

何事にも動じない人だと思っていたけれど、そんなことはないらしい。

哀《かな》しみも、恐れも。当たり前の人としての感情を抱く、優しすぎる人。

「君を、愛している」

彼の言葉が心の奥深くに響く。

フィオナはずっと待っていたのだ。彼がこうして、本心を聞かせてくれることを。

「私には償わなければいけない罪がある。でも、それでも。君に、その罪を一緒に背負ってもらうことになっても――」

大丈夫。掠れた声で、そう伝える。

以前にも、一緒に背負うと伝えた。だから、その先の気持ちを聞かせてほしい。

「君を手放したくない。ずっと一緒にいたいんだ」

「セドリックさま」

「どうか、私の妻になってはくれないか。仮初めではなく、本物の」

「――っ」

心が打ち震えた。

彼の仮初めの妻になってから、未来を考えるのが怖かった。

いつか来る終わりに震えて、幸せな今のことだけを考えて、目を背けることもあった。

でも。契約書を焼き払い、彼はフィオナとの新しい未来に目を向けてくれている。

「わたしで、よろしいのですか?」

「君じゃないとだめだ」

「――離れて、あげられなくなりますよ?」

「逆だろう？　離れられないのは、私だ」

「ふふっ……」

フィオナは目を細める。

笑みが溢れて、セドリックもまた、同じように頬を緩めてくれる。

「喜んで。ずっとそばにいさせてください。――セドリックさま」

「っ、――フィオナ、愛してる」

彼の親指が、フィオナの唇をなぞる。

ゆっくりと彼の顔が近付き、フィオナも目を閉じる。

優しい口づけは、ふたりの新しい誓いとなった。

エピローグ

「おい、なんだこの書類は」

呆れを含んだ声で問いかけられ、セドリックはすっと目を細めた。

提出したばかりの書類の束を前にして、オズワルドが明らかに動揺している。

彼の執務机の端には決裁待ちの書類の束が積み重なっており、今提出したその書類も、問答無用にその束の上に積み重ねられた。

「なんだ、とはなんでしょう？　殿下が昨日、私にまとめるよう仰った東マクロフリン地方への国道を繋げる計画案ですが？」

「それはわかっている。どうして、こうも早く上がってくるのかと聞いているんだ⁉」

「どうしてと言われましても。ご所望でしたので、可及的速やかにまとめさせていただいた次第です」

ただひたすら事実だけを述べる。セドリックにはなにひとつとして落ち度はないはずだ。

「お前……このところ、勤務時間は激減していると聞いたはずだが？　どんな速度で仕事をしているんだ」

「激減とはいっても、仕事量に変わりはないと自負しております。咎められるいわれはありません」

「咎めているわけではない。そうじゃなくてだな……！」

はああと、オズワルドが大きくため息をついた。

まあ、セドリックも、彼が言いたいことくらいはわかる。

魔力の封印を解いただけでなく、自分の力を自覚したフィオナとともに過ごしているのだ。セドリックは心身ともに満たされていて、今までの不調が嘘のように気力に溢れている。以前もそれなりに仕事ができる自負はあったが、それ以上に頭は回転するようになったし、フィオナの影響か、セドリック自身もそれなりに周囲に素直に頼るようになった。

仕事を振る人間を増やし、自分の部下全員の作業効率を上げた。今回の案件も、やがてオズワルドが案件を持ち込むだろうと見越して、事前に資料を集めていたのが功を奏しただけだ。

「お前の調子がいいのはなによりだが、腑に落ちん」

「どうしてですか」

「あの冷酷次期公爵セドリック・ウォルフォードが、妻に惚気《のろけ》て終始るんるん絶好調だと」

「なるほど。仕事を溜め込みすぎて、頭がおかしくなったのですね」

「そう思うならこの書類の山をもう少し引き取ってくれ！」

「無理です。ギリギリまで私の方で引き受けた末の、その山です。諦めてご自分で処理なさってください。殿下ほどのお方です。その気になったらすぐでしょう？」

「殺生な！」

「なんとでも。冷酷と噂されておりますから、今さらでしょう？」

にっこりと浮かべた笑みには凄みがある。オズワルドがうっと詰まったところで、横からからかうとした笑い声が聞こえてきた。

「ふふっ、フィオナちゃんとくっついてから、セドさんほんとに絶好調だねぇ」

「ちゃんなどと。その馴れ馴れしい呼び方はなんとかならないのか」

「まあまあ」

と言いながら、近くにやって来たのはアランだった。いつものようにへらへら笑いながら、セドリックを見つめてくる。

「ピカピカの新しい指輪まで用意しちゃって。うっきうきのるんるんなくせに」

アランの視線の先――セドリックの左手の薬指には、きらりと光る白金の指輪がはめられている。その石は若草色。フィオナの指輪と形を揃えた上で、ちゃっかり石は彼女の瞳の色にした。以前と同じ色の石では、どうしても苦しい記憶が蘇ってしまいそうだったからだ。

でも、これならば見るたびにフィオナの笑顔が思い出されて、心が浮き立つ。そんな気持ちはしっかりアランにはお見通しらしい。

「それはっ、当たり前だろう。結婚指輪なのだから私にも必要だ」

「ふぅーん。へぇーっ！」

ニマニマ煽《あお》ってくるアランがわざとらしすぎる。

結婚当初のフィオナに対する言動には後悔することがあまりに多い。そのひとつが結婚指輪であった。魔力を封じるためのあの指輪をはめていたせいで、彼女には、それに似せたポーズだけの指輪を与えていたのだ。

本当にありえない。あんなことをして、よく彼女に見限られなかったものだと今なら思う。

(やってしまったことは取り戻せない、か)

せめてと、彼女と対の指輪は作り直したが、結婚式において指輪の交換もきちんとできていないし、どうあっても悔いは残っている。

——まあ、この指輪が届いた時、ちゃっかり彼女に手ずからはめてもらったわけだが。

(あれはあれで、よかったな)

新しい指輪が手元に届いたその日に、彼女におねだりしたのだ。

セドリックの部屋で彼女と寛いでいた時のことだ。フィオナの耳元でお願い事を囁きかけると、彼女は頬を真っ赤にさせながら、左手の薬指に揃いの指輪をはめてくれた。

ふたりきりで、改めて未来を誓い合う時間は素晴らしかった。

「セドさん、顔ゆるゆる」

「……っ」

指摘されて、現実に引き戻される。

　このところ、フィオナのことを考えるとつい締まりがなくなってしまうのだ。もちろん、それはそれでいいかとも思っているけれど。

「セドさん、丸くなったねえ。いいんじゃない？　最近すっかり人気者だから」

「人気者などと」

　理解しかねるが、アランたちに言わせるとそうらしい。

「恋に溺れた次期公爵さまを応援したい人間も多いんでしょ。親しみやすくなって、フィオナちゃんには感謝感謝」

「周囲の助力は助かるが、私に次期公爵になるつもりはない」

「あれ？　そうなのー？」

「当たり前だろう。契約がなくとも、その予定は変わらないとフィオナとも話をした。ウォルフォード公爵家を継ぐのはライナスだ。――だから私に媚びを売ったところで、無駄だというのに。どいつもこいつも酔狂な輩が多い、この城は」

「つれないこと言って。嬉しいくせに」

　セドリックの感情などお見通しのようで、ふいっと視線を逸らす。

　フィオナと本当の意味で結ばれてから二カ月。セドリックの周りには色々な変化があった。

　セドリックは自分が公爵家を継ぐつもりがないことをはっきりと主張するようになったし、それを聞いてなお、セドリックを信頼してくれる人間も多い。

フィオナとともに交流を深めることもあり、学生時代からかれこれ十年——まともな人間関係を築けてこなかったセドリックも、ようやく人間らしい生き方ができるようになった気がする。自分でも意外なことに、それがちっとも悪い気がしなかった。

フィオナには気の合う友人が何名かでき、たまに家に招いてお茶会をしている。

かつてエミリー・レリングのものとされていた刺繍の数々も、本当はフィオナのものだったという正しい噂が流れ、フィオナに憧れる令嬢もぽつぽつといるらしい。

そんな令嬢たちとたまにサロンを開いて、刺繍を楽しむこともあるようで、社交は苦手と言いながらちゃっかりと輪を広げているフィオナには感心する。

エミリー・レリングの悪事については、刺繍のこと以外もすべて明るみに出た。

フィオナを虐げていたこともそうだし、気にくわない令嬢がいれば男をけしかけ、襲わせたこともあったようだ。被害者はひとりやふたりどころではないようで、彼女の言いなりになっていた貴族の子息も常習犯だったそうだ。

そして、エミリーだけでなく、レリング伯爵家も過去の罪が暴かれた。というより、正しくはセドリック自身が調査し、暴いてやった。

フィオナの叔父ナサニエルは不当な手段を用いて強引にフィオナから財産を奪った。

本来レリング伯爵家を継ぐ権利はなく、彼は領地を没収されることとなった。

結果、エミリーを含むレリング伯爵家の面々から現在のレリング領は取り上げられ、代わりにリンディスタ王国の北の端――資源にも乏しく、冬の寒さが厳しい辺境の地へ追いやられることが決まった。
あそこは領民も少なく、文化もかなり遅れたど田舎だ。
あの高すぎるプライドがいい方向に動けば、それなりに足掻くかもしれないが、どうあって
も辺境の地。生きていくだけで精いっぱいだろう。特に、散々甘やかされ、なんでもかんでも
人に任せきりだったエミリーにとっては、苦しい生活になるはずだ。
あの家は後継がおらず、エミリーに婿養子を取らせる必要性があるはず。だが、今や悪女と
名高いエミリーの配偶者として、あんな辺境の地へ行きたがる男が見つかるかどうか。
ざまをみろ、とも思う。離れの物置に押し込められ、慎ましい生活をしていたフィオナの苦
労を少しでも知ればいいのだ。
フィオナは実家の後ろ盾を失う形になるが、フィオナ自身もそれを望んだ。
彼女は断ち切ったのだ。彼女のすべてを食い尽くした叔父一家を。
「でも、セドさん、公爵位を弟君に譲るならさあ。今のレリング領、君がもらっちゃえばいい
のに」
「軽々しく言わないでくれ。確かにあそこの領地はフィオナの宝物だが、一度国に返還される
んだ。判断するのは私ではないだろう?」
「ちぇっ。いい案だと思ったのに。あそこなら王都とも近いし、もっと発展できるはずなのに、

ここ数年、領主はなにをしてるんだ！って、セドさんずーっと怒ってたじゃないか」

「それは事実だが」

セドリックは国の中枢にいる。自分の都合で大事な領地の行く末を決められるはずがない。物事は公平に判断されるべきで、今のセドリックに口を挟む権利はない。

「まあ、陛下もそこはよくわかっているだろう。よきに計らってくれるさ。私としては、君が公爵家とレリング領、どちらも管理すればいいと思うがな」

「殿下、なにを無茶なことを。それに私は公爵家を継ぐつもりは――」

「無茶か？　爵位を複数持つ貴族はたいして珍しくもないだろう？　そもそも、能力のある人間がその才を持て余すのはもったいないと言っているんだ。それは国にとっても損失。合理主義のお前なら理解できるな？」

「……ならば、殿下もご自分の才を持て余さないでいただけますか」

「む」

とどのつまり、やるべきことをやれということだ。

ぴしゃりと言い放つと、ぐうの音も出ないらしくオズワルドが口を閉じる。

ついでにげらげらと笑い転げているアランにも、暇があるなら仕事をぶん投げつつ、セドリックはオズワルドの執務室から退室することにする。

「まったく。午後は悠々と休みか」

「申請は前からしていたでしょう？　妻が張り切っているので、少しは手伝わないと」

今日の夕方には、家に客人が訪れるのだ。

――あるいは帰ってくると言うべきか。

「フフ。以前のお前なら、絶対に家に帰ろうとしなかっただろうがな」

「そうでしょうね。合わせる顔がありませんでしたから」

らしくもなく、緊張している自分もいる。

あの人たちに会うのはいつぶりだろう。

セドリックの大切な人たちだから、精いっぱいもてなしたい。そう言ってフィオナは先日からずっといそいそと動き回ってくれている。

一方、セドリックとしては、いまだに胸の奥に残る苦い気持ちはある。

でも、隣にはフィオナがいてくれている。だから、今ならちゃんと向き合えるはずだ。

「まあ――少し楽しみでもあります。きっと彼らは、フィオナのことを気に入るでしょうし」

「そうか。落ち着いたら城にも顔を出すように言ってくれ。父も旧友と親交を深めたがっている」

「ええ。必ず」

深々と礼をして、セドリックは城を出た。

＊

約束通り、セドリックは早く帰宅してくれた。

まだ日の落ちる前の早い時刻。客人は夕暮れ前にはこのタウンハウスにたどり着く予定だ。

準備は滞りなく済んでいる。客人たちの部屋も整えたし、晩餐の準備もばっちりだ。

首元に大切なカメオのブローチをつけて、今日は上品で落ち着いた出で立ちをしたフィオナは、もう何度目かわからない最終確認をしていた。

この家の女主人として、まだまだ慣れぬことも多いけれど、トーマスやロビンにも何度も見てもらって、必要なことは全部できたはず。

（深呼吸よ。深呼吸――）

なんて、自分に言い聞かせながらも苦笑する。

なんだかんだ、フィオナよりも隣に控えている人の方がよっぽど緊張しているけれど。

「セドリックさま、楽しみですね」

「まあ、そうだな」

なんということもないといった表情をしているが、多分、上手に取り繕っているだけだ。

城から帰ってきた頃はまだ悠然としていたが、今は少し呼吸が浅い。居間をずっと行ったり来たりして、彼らしくもなく落ち着きがない。

「きっと、セドリックさまと久しぶりにお会いできること、楽しみになさっていますよ」

「――君が言うなら、そうなのだろう」

なんて、セドリックは困ったようにくしゃりと笑っている。

今日、ウォルフォード公爵家のタウンハウスには客人――正しくは、本当の主が帰ってくる。ウォルフォード公爵夫妻とその息子。つまり、セドリックの両親と噂の弟ライナスが。

かつてセドリックが傷つけた弟も、もう十六歳。

セドリックは特に、ライナスと会うことをひどく恐れているようだった。

魔力核を傷つけられたライナスは、その成長を阻害された。セドリックが言うには、体の成長に必要なエネルギーが十分に行き届かず、まだ十歳前後の少年のような見た目をしているのだという。

成長の遅れた弟の姿を目の当たりにするということは、セドリックにとって、己の罪を目の当たりにすると同義だ。

「――セドリックさま、奥さま。お見えになりました」

と、公爵家の馬車が入ってきたことをロビンが知らせに来る。

行きましょうか、と声をかけた時、セドリックがわずかに震えていることに気が付いた。彼は、右手で左手の薬指を覆うように押さえている。

「そんなに力を入れずとも。大丈夫ですよ、セドリックさま」

フィオナは彼に寄り添い、手を伸ばした。

にっこりと微笑んでみせると、セドリックもようやく息をつく。

絶対に大丈夫。フィオナはそのことを知っている。

セドリックと手を取り合って、玄関ホールを出る。予定よりも少し早い到着で、外はまだ明るい。公爵家の紋章の描かれた馬車が数台、並んでいた。

後ろは全部荷物を運ぶためのもののようで、客人はおそらく先頭の馬車だ。恭しく馬車の扉が開かれ、待っていた人たちがゆっくりと馬車から降りてくる。

「――――!」

瞬間、セドリックの目が見開かれた。

ひとり、ふたり――三人目。彼の弟、ライナスが馬車から降りてきた時に。

「ふふっ」

してやったりと思って、つい笑みがこぼれてしまう。それはフィオナだけでなく、ウォルフォード夫妻もだ。揃って優しい目をして、セドリックの反応を見守っている。

なにも知らなかったのはセドリックだけだ。

「ライナス……?」

「うん。久しぶり、兄さん」

それは、すっかり声変わりをした男性の声だった。

セドリックによく似た綺麗な顔立ち。まだ少し幼さは残っているけれど、年相応――よりは、数年若い程度の風貌の彼。

「どうして……そんな。こんなに、大きく」

セドリックの脳内では、まだ幼い少年のイメージだったのだろう。

事実、定期的に家族の現状を報告させていたセドリックは、自分の情報に間違いがないと思い込んでいるはずだ。

「成長するのも大変なんだね、兄さん」

ライナスは肩を竦めながら話しかける。

「ここ数カ月で、びっくりするくらい身長が伸びてさ。成長痛がつらいのなんのって」

「え……あ……?」

「ははっ、そんな呆けた顔した兄さん、初めて見た」

からからと笑いながら、ライナスはこちらに近付いてきた。フィオナと身長はそう変わらない。大人になる一歩手前の青年の顔をして、ライナスは恭しく微笑みかける。

「初めまして、義姉《ねえ》さん。お目にかかれて嬉しいよ。いつも素敵な手紙と刺繍をありがとう」

「ライナスさま、わたしも会えて嬉しいわ。刺繍も効果があるようでよかった」

「ありすぎ。怖いくらい」

なんて。気やすく挨拶をし合うフィオナたちを見て、セドリックがますます混乱している。

驚きすぎてかわいそうなので、フィオナは改めて彼に説明することにした。

「ふふ、もう四カ月くらいでしょうか。実はずっと、ライナスさまと文通していたのですよ?」

「文通……?」

きっかけは、セドリックがフィオナの力について、正しく教えてくれたことだった。

フィオナには人を癒やす力があり、それは魔力核を封印したセドリックにまで効果を及ぼした。それほど特殊な魔力ならば、魔力核を傷つけたライナスにも、なにか効果があるのではないかと思ったのだ。

「時間がある時に、ライナスさまに刺繍を送っていたのです。わたしの力なら――もしかしたら、彼の魔力核が癒えることもあるんじゃないかって」

これからも穏やかに暮らしていくことを望んだフィオナは、女魔法使いであることは隠し続けている。セドリックと一緒に、こっそりアランに魔法の基礎くらいは教わる予定だけれども、あまりこの力を広めるつもりはない。

それでも、大切な人のためにこの力を使うことは吝《やぶさ》かではない。

だからフィオナは、とびっきりの祈りを刺繍に込めた。

ハンカチーフにシャツ、リネンまで。ライナスが日々触れるものをたくさんの祈りを込めた刺繍で彩った。そしてそれは、彼自身がはっきりと実感するほどに効果を発揮したという。

喜びと驚きの手紙が返ってきて、フィオナはそれに応えるように、こつこつと刺繍を公爵領へと送り続けたのだ。

「この調子だと、あと一年もせずに年相応になるんじゃないかな。僕、楽しみで！」

屈託なく笑うライナスを見て、セドリックはギュッと両手を握りしめる。

「兄さん。僕ね、やりたいことがあるんだ。このまま体も大きくなったら、きっと目指せる」

「やりたいこと……？」

「騎士だよ。騎士になるんだ」

セドリックは呆けたままだった。信じられないと震えながらも、歓喜で頬が紅潮している。

表情変化はわかりにくいけれど、フィオナは彼の感情を読むことにすっかり長《た》けているのだ。間違いない。

「体が小さくても、今までだって訓練を休んだことなかったんだ。すぐに騎士の学校に編入して、そのまま見習いになる。だからさ」

ライナスは、にいいと笑う。

「僕に公爵位なんて押しつけないでよ。到底向いてないんだからさ」

セドリックが息を呑んだ。動揺を隠すことができず、何度も口を開け閉めしている。

「兄さんがやってくれた方が、僕は好き勝手できるの。ていうか、押しつけるにしても、先に僕に相談するのが筋じゃないの？」

「それは――誰に、聞いた」

「殿下だよ、オズワルド殿下。ほんっと兄さんってば頭いいのに、肝心なところ全然わかってないよね」

ライナスは人差し指を立てながら、セドリックに詰め寄った。

「僕の将来は、僕が決めるよ。兄さんも自分で決めたんでしょ？　義姉さんを幸せにするって」

「な⁉　そ、それは。そうだ、が……！」

「じゃ、幸せにしてあげなよ、目いっぱい。僕の恩人でもあるんだから。そのためにも、役に立つ才能と地位はそのまま利用すればいいんじゃないの？」

「………」

セドリックは呆然としていた。

ライナスの言葉を噛みしめるように何度も目を閉じ、息を吐き、静かに呟く。

「――私は、こんなにも多くの者を、待たせていたのだな」

その言葉だけで十分だった。

ライナスも、彼の両親も、使用人たちも、もちろんフィオナだって、喜びで目を細める。

「さ、セドリックさま。せっかくお父さまたちが来てくださったのです。わたし、もてなしたいです」

せっかくの再会なのだ。フィオナもしっかり準備したのだし、家の中でゆっくりと親交を深めたい。使用人たちに目配せをして、彼らを中へ案内してもらう。

にこにこ微笑みながら、屋敷の中へ入っていく彼の両親と弟の背中を、セドリックはずっと見つめていた。

「未来を想うと、楽しみでなりませんね？」

ようやくだ。セドリックの止まっていた時間が動き出した。

「ああ――」

掠れた声で呟きながら、セドリックはフィオナを抱き寄せる。

「君がくれた未来を、私も歩いていいのだな」

「もちろん。一緒じゃないと、寂しいです」

「ん――」

感極まったとばかりに、セドリックの唇が落ちてくる。フィオナはそれを受けとめて、くすくすと笑った。

「おおい、兄さん！　義姉さん！　いつまでいちゃいちゃしてるのさ！」

なんて、ライナスの呼びかけに苦笑しながら――セドリックはちょっと、物足りなそうにしながら――家族が待つ未来へと、歩いていった。

fin.

あとがき

　はじめまして、作者の浅岸久です。

　このたびは『離縁予定の捨てられ令嬢ですが、なぜか次期公爵様の溺愛が始まりました』をお手にとっていただき、ありがとうございます！

　ベリーズファンタジースイート様が創刊し、第二弾というタイミングで参加させていただくことになり、大変光栄に思いつつも、ドキドキしながらお話を紡がせていただきました。

　本作は「お飾りの妻」をテーマに、つらい境遇であったにもかかわらず、根が明るくてマイペースなヒロインが幸せになるまでのお話です。

　スイートという新レーベル名にぴったりな甘くて優しいお話になったのではないかな、と思っておりますが、楽しんでいただけましたでしょうか。

　いろんな場所で主張し続けているのですが、私は「太陽属性のヒロインが重たい過去持ちの月属性ヒーローをよしよしするうちに、また前を向いて歩いて行く話」というのが大変好きなのです。

　実は本作では、当初はそれをあまり意識していなかったのですが、あれやこれやとお話を詰めるうちに、気が付けばドンピシャ好みの要素だけが残っていました。逃げられない、自分の性癖からは。

というわけで、作者の好きが詰め込まれた結果、なかなかに重たい過去を盛り込まれることになったセドリックですが、旭炬先生が影のある彼を色気たっぷりに描いてくださいました。おっとりかわいいフィオナとふたり並んだ様子が本当に素敵で、幸せたっぷりなイラストに「これはスイートだ！」と大はしゃぎしておりました。旭炬先生、素晴らしいイラストをありがとうございました！

そして、ご指導いただきました担当さまをはじめとした編集部の皆さまにも感謝を申し上げます。いつも的確で温かなアドバイスをくださったおかげで、最後まで楽しく執筆することができました！

刊行に携わってくださった皆さま、そしてこの本をお読みくださった読者さま、本当にありがとうございました！

またどこかでお会いできますように。

浅岸《あざぎし》久《きゅう》

離縁予定の捨てられ令嬢ですが、
なぜか次期公爵様の溺愛が始まりました

2023年5月5日　初版第1刷発行

著　者　浅岸久

発行人　菊地修一

発行所　スターツ出版株式会社

〒104-0031　東京都中央区京橋1-3-1　八重洲口大栄ビル7F
☎出版マーケティンググループ　03-6202-0386
（ご注文等に関するお問い合わせ）

https://starts-pub.jp/

印刷所　大日本印刷株式会社

ISBN　978-4-8137-9235-2　C0093　Printed in Japan

［浅岸久先生へのファンレター宛先］
〒104-0031　東京都中央区京橋1-3-1　八重洲口大栄ビル7F
スターツ出版（株）　書籍編集部気付　浅岸久先生